浪花朵朵

安野光雅插图珍藏本

大森林里的小木屋

[美]劳拉·英格斯·怀德 著

[日]安野光雅 绘

马爱农 译

江苏凤凰文艺出版社
JIANGSU PHOENIX LITERATURE AND ART PUBLISHING

目录

大森林
丕平县
莱克城

加拿大
明尼苏达州
五大湖
N
威斯康星州
丕平湖
密尔沃基
爱荷华州
密西西比河
劳拉的家
丕平湖
密西西比河

阁楼
小卧室
存放食物的地方

劳拉的家

彼得森先生
彼得森太太
詹姆斯
爷爷的爸爸
乔治
小时候的爷爷
爷爷
奶奶
爸爸小时候养的牛苏琪
伊莱扎姑姑
彼得姑父
爸爸查尔斯
丽碧婶婶
皮特
爱丽丝
艾拉
多里·瓦登
王子
哈利特先生
哈利特太太
玛丽
伊娃
克拉伦斯
内蒂
黑苏珊
杰克

故事中的人物

妈妈的爸爸
妈妈的妈妈
洛蒂阿姨
妈妈的妈妈的第二任丈夫
詹姆斯叔叔
婴儿
多西娅姑姑
乔治叔叔
露比姑姑
妈妈卡罗琳
波丽舅妈
亨利舅舅
查理
劳拉
卡瑞
苏珊
夏洛特
苏其

第一章

大森林里的小木屋

从前，准确地说是六十年前，在威斯康星的大森林里，有一座木头盖的小灰房子，里面住着一个小姑娘。

小木屋周围都是遮天蔽日的大树，大树外面还是大树，再外面也还是大树，到处黑乎乎的。一个人如果往北一直走，哪怕是走一天、一星期，甚至整整一个月，他看到的除了森林也还是森林。周围没有房屋，没有道路，也没有人，只有大片的树林，还有在森林里安家的野生动物。

大森林里生活着狼、熊，还有巨大的野猫。溪流边生活着麝鼠、水貂和水獭。狐狸在山坡上建窝，野鹿到处游荡。

在小木屋的东边和西边，是无边无际的树林，只是大森林的边缘稀稀拉拉地散落着几座小木屋。不管这个小姑娘怎么看，她能看到的只有这座小木屋。

小木屋里，除了小姑娘，还住着她的爸爸妈妈、姐姐玛丽和妹妹卡瑞。一辆马车轧出的小道从门前经过，拐个弯，钻进了野生动物们生活的大森林里，小姑娘不知道这条路通

向哪里，也不知道路的尽头在何方。

小姑娘的名字叫劳拉，她管爸爸叫“爸”，管妈妈叫“妈”，当时在那个地方，小孩子不像现在这样叫“爸爸”“妈妈”，也不使用“父亲”“母亲”这样的称呼。

夜晚，劳拉躺在装有小轮的矮床上侧耳倾听，除了树木沙沙的低语声，别的什么都听不见。有时夜里会听见狼从远方传来的嗥叫。过一会儿，狼会跑到近些的地方，又发出一声声嗥叫。

那声音真吓人。劳拉知道狼会吃小姑娘。不过小木屋的墙都是结结实实的木头做的，她待在里面很安全。爸的枪挂在门上，浑身长满斑点的牛头狗——亲爱的杰克——躺在门边守着。爸总是说：“接着睡吧，劳拉。杰克不会让狼进来的。”于是劳拉钻进小矮床的被子里，紧挨着玛丽，进入了梦乡。

一天夜里，爸把她从床上抱起来，走到窗前，让她看

看狼的模样。有两只狼蹲在小木屋前，看上去像是毛蓬蓬的狗。它们把鼻子高高仰起，冲着又大又亮的月亮发出嗥叫。

杰克在门前走来走去，汪汪地叫着，背上的毛都竖了起来，它恶狠狠地朝两只狼露出嘴里的尖牙。不过可以放心，狼只能在外头嗥叫，进不了小木屋。

家里很舒服。楼上是一间大大的阁楼，当雨点敲打在屋顶上时，在里面玩耍再惬意不过了。楼下是小卧室和大屋。卧室有一扇窗户，装着木头窗板。大屋有两扇带玻璃的窗户，还有两扇门——一扇前门和一扇后门。

小木屋周围是一圈歪歪扭扭的栅栏，有了它，熊和鹿就无法靠近了。

小木屋前的院子里有两棵漂亮的大橡树。每天早上，劳

拉一睁开眼睛，就跑去看看窗外。有一天早晨，她看见每棵大橡树的枝子上都挂着一头死鹿。

鹿是爸前一天打死的，夜里他把它们搬回家，高高地挂在树上，不让狼来偷吃。那会儿，劳拉还睡得正香呢。

那天，爸、妈、劳拉和玛丽都吃到了新鲜的鹿肉。味道真鲜美啊！劳拉希望能把肉都吃掉，可是大多数肉都要用盐腌了，熏一熏，准备放起来留到冬天再吃。

冬天就快要来了。白天越来越短，夜里，霜花悄悄爬上了玻璃窗。很快，就要下雪了。到那时，小木屋的一大半就会被埋在雪堆里，小湖小溪也都会冻上冰。冰天雪地的日子里，爸可不一定能打到野味。

熊会躲在洞里，美美地睡一整个冬天。松鼠蜷缩在树洞的窝里，用毛茸茸的尾巴包住小鼻子。鹿和野兔都变得警觉，跑起来很快。即使爸打到一只鹿，也准是瘦瘪瘪的，没多少肉，不像秋天的鹿那样肥嘟嘟的。

寒冷的冬天，大森林里覆盖着积雪，爸整天冒着严寒一个人出去打猎，晚上回来却可能两手空空，没有东西给妈、玛丽和劳拉吃。

所以，在冬天到来前，小木屋里要尽量多存放一些食物。

爸小心地剥下鹿皮，抹盐、拉抻，要把鹿皮制成柔软的皮革。然后，他把鹿肉切成一块一块的，撒上盐，放在一块木板上。

院子中央竖着一根高高的树干，是从一棵很大的空心树上截下来的。爸从树干顶上伸手进去，在树洞里钉了一些钉子。然后他把树干立起来，在顶上加了一个小盖儿，又在靠近底部的位置开了一扇小门。他在锯下来的那块小木板上

装上铰链，固定好，做成了一扇带着树皮的小门。

鹿肉腌了几天之后，爸在每块肉的顶端切出一个洞，穿上一根绳子。劳拉注视着爸，看他怎样把肉一块块地挂在空树干里那些钉子上。

爸从那扇小门伸手进去，先把肉挂在低处的钉子上，能挂多高就挂多高。然后他把梯子靠在树干上，爬上梯子，挪开小盖儿，从上面把剩下的肉挂在高处的钉子上。

爸把小盖儿重新盖好，爬下梯子，对劳拉说：“快跑到劈柴墩那儿，把山胡桃木的碎片给我拿一些来——要白白的，新鲜、干净的。”

于是，劳拉跑到爸劈木柴的墩子那儿，在围裙里装满了新鲜的、散发着清香的小木片儿。

爸在空树干的那扇小门里，用树皮和苔藓生了一堆火，把几块碎木片小心地铺在上面。

新鲜的山胡桃木燃烧得很慢，没有火苗，空树干里弥漫着呛人的浓烟。爸关上小门，一小缕烟从门缝里挤了出来，还有一小缕烟从小盖儿边沿冒了出来，但大部分烟都跟鹿肉一起被关在里面了。

“上好的胡桃木烧成的烟比什么都强，”爸说，“那样熏出来的肉，不管放在哪里、在什么天气都能存放得住。”

说完，他拿起枪，扛着斧头，朝林子里那片砍掉树木的空地走去，准备再砍几棵树。

接下来的几天，劳拉和妈看着火堆。当烟不再从缝隙里冒出来时，劳拉就会再拿来一些胡桃木碎片，妈把它们放在鹿肉下面的火堆上。院子里总有一股淡淡的烟味儿，小门打

开的时候，浓浓的熏肉味儿就跟着跑了出来。

终于，爸说鹿肉熏得时间够长了。他们就把火熄了，爸把一块块肉从树洞里拿了出来。妈把每块肉都用纸包起来，挂在阁楼里，那里既干燥又安全。

一天早晨，天还没亮，爸就赶着马车出去了。晚上回来时，马车里装满了鱼。大车厢里堆得满满的，有几条鱼简直跟劳拉一样大。爸去了丕平湖，用网子把这些鱼捞了上来。

妈把一种扁扁的白鱼切成大大的薄片，剔干净鱼刺，给劳拉和玛丽吃。全家人美美地享用了一顿鲜美的鱼肉。吃不了的就放在桶里腌起来，留到冬天再吃。

爸养了一头猪。它原本自由自在地在大森林里跑来跑去，吃橡果、其他坚果和树根。现在，爸把猪抓了回来，养在一个木头做的猪圈里，让它长膘。等到天渐渐变冷，冷到可以把肉冻住的时候，也就到了宰猪的时候了。

一天半夜，劳拉从梦中醒来，听见猪在尖声叫唤。爸

从床上一跃而起，抓起墙上的枪就跑出门去。劳拉听见了枪响，一声，两声。

爸回来后，讲了刚才发生的事。他看见一只大黑熊站在猪圈旁边。熊将爪子伸进猪圈去抓猪，猪尖叫着逃窜。爸借着星光看见这一幕后，立刻就开了枪。可是光线昏暗，匆忙中，没有打中那头大黑熊。熊跑进了树林，一点儿也没受伤。

爸没有打中大黑熊，劳拉对此很惋惜。她多么爱吃熊肉啊！爸也很遗憾，但他说：“不管怎么说，我把腌猪肉保

住了。”

小木屋后面是菜园子，整个夏天，蔬菜都长得不错。菜园离小木屋很近，白天，鹿不敢跳进栅栏来偷吃蔬菜，晚上有杰克守着，它们也进不来。有时候，会在早晨发现生菜和卷心菜地里有小小的鹿蹄印，而且杰克的爪印也在那儿，看来鹿刚一跳进来，就被杰克赶了出去。

现在，夜里寒气逼人，土豆、生菜、甜菜、甘蓝和卷心菜都被存放在地窖里。

紫色的洋葱都用茎叶编成了长串，挂在阁楼里；边上是用绳

子绑在一起的红辣椒，像一串串花环似的。南瓜和笋瓜放在阁楼的角落里，垒成橘红、鲜黄和碧绿的小堆。

食品储藏室里堆满了一桶桶咸鱼，储藏室的架子上满满当当地摞着金黄色的奶酪。

一天，亨利舅舅骑着马从大森林里过来了。他是来帮爸杀猪的。妈的那把大屠刀已经磨得锋快，亨利舅舅还带来了波丽舅妈的屠刀。

爸和亨利舅舅在猪圈旁生了一堆火，在上面烧了一大壶水。等水开了，他们就开始杀猪。劳拉赶紧跑进自己的小房间，把脑袋埋在被子里，用手指堵住耳朵，这样就听不见猪的号叫了。

“它不会疼的，劳拉，”爸安慰道，“我们动作很快。”但劳拉说什么都不想听见猪叫。

过了一会儿，她小心翼翼地把一根手指从耳朵里拿出来，竖着耳朵仔细听。猪已经不叫了。除了这事有点儿让人

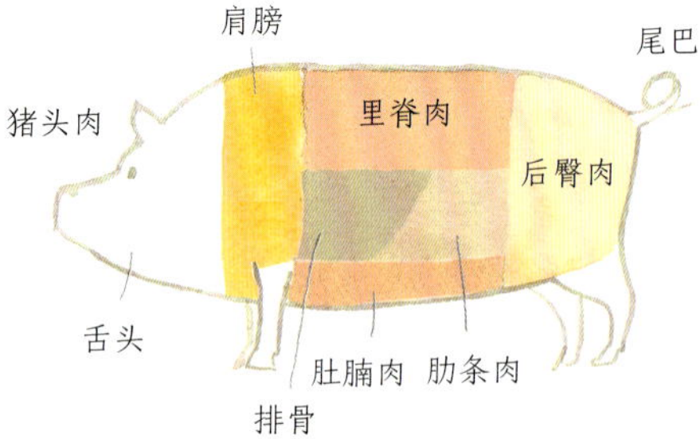

不太舒服外，杀猪的整个过程还是挺开心的。

这是一个十分繁忙的日子，要做的事情那么多，要看的东西也不少。亨利舅舅和爸乐呵呵的，晚上还有带肉的小排骨吃，爸还答应把尿脬和猪尾巴送给劳拉和玛丽玩。

猪一咽气，爸和亨利舅舅就把它浸在滚烫的开水里，烫得透透的，然后放在一块木板上，用刀子刮皮，把粗硬的鬃毛都刮了下来。接着，他们把猪挂在一棵树上，掏出内脏。猪就一直挂在那儿，直到凉下来。

等猪冷却之后，爸和亨利舅舅把猪放下来，开始切肉。后臀尖、肩膀、肋条肉、排骨、肚腩肉，还有心、肺、舌。猪头上的肉要做成肉冻，盘子里的那些碎肉是做香肠用的。

肉摊在后院棚屋里的一块木板上，每一片肉上都撒了盐。后臀和前腿用盐水腌着，也跟鹿肉一样，要放在空树干里用烟熏一熏。

“胡桃木熏的火腿，那是什么美味也比不上的啊。”爸

感叹道。

爸正在吹尿脬，把它吹成一个白色的小球，用绳子把口扎紧，递给玛丽和劳拉玩。她们可以把小球抛向空中，用手来回拍着玩；也可以把小球扔在地上，等它弹起的时候踢上一脚。不过，猪尾巴比小白球还要更好玩呢！

爸帮她们小心地剥掉猪尾巴的皮，在粗的那头塞进一根削尖的棍子。妈打开做饭用的炉子，把滚热的煤块耙进铁炉，然后劳拉和玛丽轮流把猪尾巴举在煤块上烤。

猪尾巴被烤得吱吱响，一滴滴肥油掉在煤上，冒出火苗。妈在一旁往猪尾巴上撒盐。她们的手和脸都烘得热乎乎的，劳拉的手指都被灼伤了，但她太兴奋了，根本就不在意。烤猪尾巴实在太好玩了，两个人轮流举着猪尾巴，可是谁都想多烤一会儿，很难做到公平。

猪尾巴终于烤好啦！黄澄澄的，闻起来真香啊！姐妹俩把它拿到院子里晾凉，可还没等冷透，就迫不及待地尝上

一口，舌头都给烫疼了。

她们把骨头上的肉吃得一点儿也不剩，然后把骨头扔给杰克吃。快乐的“猪尾巴时间”就这样结束了，要等到明年才会有第二根猪尾巴呢。

亨利舅舅吃过晚饭后回家了，爸也到大森林里去干活儿了。对于劳拉、玛丽和妈来说，杀猪的工作才刚刚开始。妈有许多事情要做，劳拉和玛丽要在旁边帮她。

整个这一天和接下来的一天，妈都在火炉边上熬大铁锅里的猪油。劳拉和玛丽负责搬柴火、看火。火要旺，但又不能太大，不然猪油就熬焦了。锅里的猪油吱吱作响，但绝对不能让它冒烟。妈不时地把褐色的猪油渣撇出来，包在一块布里，好挤出每一滴猪油，然后把油渣搁在一边。以后做玉米饼时，她会加一些猪油渣来调味。

猪油渣很好吃，可是劳拉和玛丽只能吃一点点。妈说太油腻了，小姑娘不能多吃。

妈仔细地把猪头上的毛刮掉，将猪头洗得干干净净，放在水里煮，一直煮到所有的肉都能从骨头上掉下来。她将这些猪头肉放进木盆里，用剁肉刀剁成细细的肉末，撒上辣椒、盐和香料，加些煮猪头肉的汤汁，放在盆里冷却。冷却以后把它切成薄片，肉冻就做成了。

从大块肉上切下来的小块肉，不管肥瘦，妈都剁成肉末，再撒上盐、辣椒，还有菜园里摘来的干鼠尾草叶子。她用双手把它们揉来揉去，充分拌匀，做成了一个个肉丸子。这些丸子都被放在小木屋外棚子里的一口锅里，冻起来，可以吃一个冬天。这就是香肠丸子。

杀猪工作结束的时候，小木屋外的棚子里摆满了香肠丸子、肉冻、一大罐一大罐的猪油，还有一桶白花花的腌肉。阁楼上挂着四只熏火腿。

小木屋里足足地存放着用来迎接漫长冬天的各种美味。储藏室满了，棚屋满了，地窖满了，阁楼也满了。

劳拉和玛丽现在只能在屋里玩了，外面很冷，枯黄的叶子从树上纷纷飘落。炉子里的火从没熄灭过。晚上，爸用炉灰把火盖住，这样到了第二天早晨，火还能再燃起来。

在阁楼里玩耍很有意思，可以把又大又圆的彩色南瓜当成漂亮的桌子、椅子。她们头顶上悬挂着红辣椒和洋葱，还有用纸包着的那些火腿和鹿肉。一束束调味用的香草和治病用的药草，使这里弥漫着一种辛辣的草香味儿。

屋外经常狂风怒吼，风声中夹杂着寒意和凄苦。而在阁楼里，

劳拉和玛丽却忙着用笋瓜和南瓜玩过家家，感觉一切都那么舒适、温馨。

玛丽比劳拉大一些，她有个布娃娃叫内蒂。劳拉只有一根包着手绢的玉米棒，但它也是个不错的洋娃娃呢。它的名字叫苏珊。苏珊只是一根玉米棒，这不能怪它。有时玛丽也让劳拉抱一抱内蒂，不过劳拉只在苏珊不注意的时候才会抱内蒂。

最美妙的时光是在夜晚。吃过晚饭，爸把他的捕兽夹从棚屋拿进来，在炉火旁给它们上油。他把捕兽夹擦得锃亮，然后用一

根羽毛蘸上熊油，擦拭夹子和弹簧。

捕兽夹有小号的、中号的，还有特大号的捕熊夹，夹子上有锯齿。爸说，如果一个人的腿被它咬住，是会断的。

爸给捕兽夹上油的时候，经常讲笑话和故事给劳拉和玛丽听。上完油，他还会拉起他的小提琴。

门窗都关得紧紧的，窗框的缝隙也用布堵得严严实实的，这样寒气就没法透进来了。但是那只小猫黑苏珊，不管白天黑夜，总是从前门底部猫洞的活动门随心所欲地进进出出。黑苏珊的动作很敏捷，它钻过活动门，门板在它身后落下时从不会夹住它的尾巴。

一天夜里，爸正在给捕兽夹上油，黑苏珊走了进来。于是，爸看着它讲起了故事："从前有一个人，养了两只猫：一只大猫，一只小猫。"劳拉和玛丽跑过去靠在爸的膝头，听他继续往下讲。

"他养了两只猫，"爸又说了一遍，"一只大猫，一只小

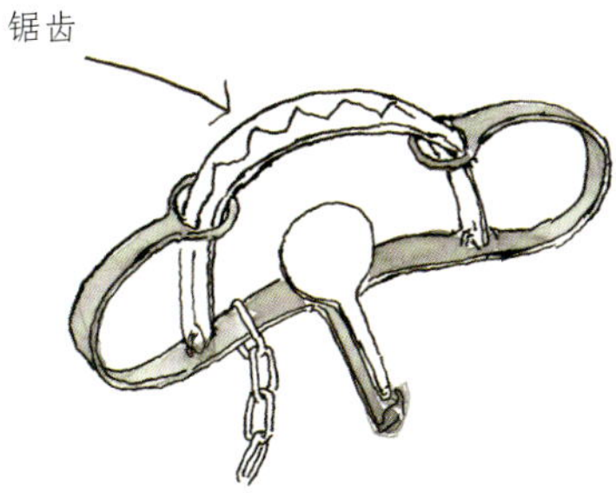

夹子夹上的时候

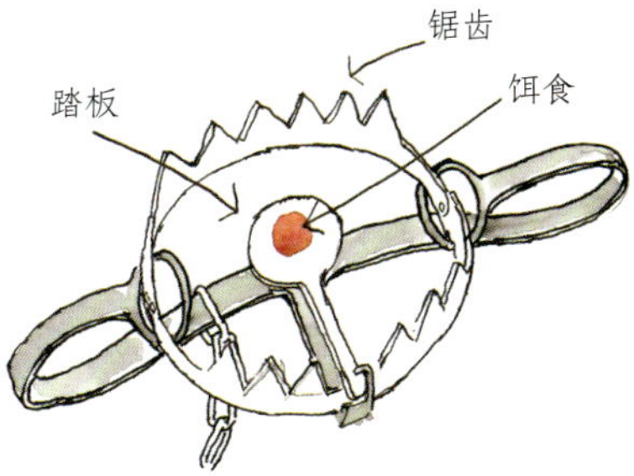

安装固定好夹子的时候

猫。他在门上给大猫开了一个大猫洞，又给小猫开了一个小猫洞。”

爸停住了。

“可是为什么小猫不能……”玛丽说。

“因为大猫不让。”劳拉打断了她的话。

“劳拉，这样很不礼貌。你不该打断别人说话。”爸提醒道。

“不过我看出来了，”爸说，“你们俩都比在门上开两个猫洞的人更聪明。”

说完，他收好捕兽夹，从匣子里拿出小提琴，开始拉琴。这真是一天中最美妙的时光。

第二章

冬季的白天和夜晚

第一场雪来了，天气寒冷刺骨。每天早晨，爸带着猎枪和捕兽夹进入大森林，一去就是一整天。他在小溪边布下抓麝鼠和水獭的小号夹子，在林子里布下抓狐狸和狼的中号夹子。他还布下了大号的捕熊夹，希望在熊钻进窝里冬眠之前，能抓到一头胖乎乎的大熊。

一天上午，爸刚从外面回来，又套上马，驾着雪橇匆匆离去。原来他打到了一头熊。劳拉和玛丽太高兴了，纷纷拍着巴掌，欢呼雀跃。

玛丽喊道：“我要吃熊腿！我要吃熊腿！”

其实，玛丽根本不知道一条熊腿

能有多大。

爸回来的时候，马车里除了一头熊，还装着一头猪。当时，他手里拿着大号的捕熊夹，肩上扛着猎枪，正在林子里搜寻猎物。他绕过一棵被积雪覆盖的大松树时，看见那头熊就在树后。

熊刚咬死那头猪，正准备吃。爸说，当时熊靠两条后腿站着，前爪像两只手一样抱着那头猪。

爸开枪打死了熊，但他没法知道那头猪是从哪儿来的，是谁家养的。

“所以我把猪也带回来了。”爸说。

家里的鲜肉够吃很长时间了。白天和夜晚都非常寒冷，装在箱子里的猪肉和挂在后门外小棚屋里的熊肉都

冻得硬邦邦的，根本不会坏。

妈做饭要鲜肉时，爸就拿着斧头，砍下一块冻熊肉或冻猪肉。至于香肠丸子、咸猪肉、熏火腿和熏鹿肉，妈可以自己随时到棚屋或阁楼里去取。

雪一直下个不停，小木屋旁堆着厚厚的积雪。早晨，窗玻璃上布满了霜花，看上去像一幅幅美丽的图画，有树木花草，还有仙女。

妈说，是严寒公公趁夜里大家都睡着了，偷偷刻了那些图画。在劳拉的想象里，严寒公公是个浑身雪白的小老头儿，戴着一顶闪闪发亮的白色尖顶帽，穿着柔软的白色高筒鹿皮靴。他的衣服是白的，手套也是白的，背上没有扛枪，手里拿着一些亮晶晶的锋利工具——他就是用这些工具刻出那些图画的。

妈允许劳拉和玛丽拿着顶针，在窗玻璃的霜花上印出漂亮的圆圈圈。但她们从来不破坏严寒公公夜里刻出的图画。

把嘴贴近玻璃，哈一口气，雪白的霜花随之融化，水珠儿会顺着玻璃淌下来。这时候，就能看见外面的积雪，还有那些光秃秃、黑乎乎的大树在皑皑白雪上投下的浅蓝色影子。

劳拉和玛丽帮妈干活儿。她们每天早晨都要擦盘子。玛丽擦的盘子比劳拉多，因为她大一些；但劳拉擦自己那套小杯子、小盘子的时候总是特别认真。

盘子都擦干收起来了，小矮床也通过风了。然后，劳拉和玛丽会一人站在床的一边，把床单抻平；床脚和床沿都仔细地掖起来；枕头拍得鼓鼓的，端端正正地放好。接着，妈会把带轮子的小矮床推到大床底下去。

做完这些事后，妈就开始这一天的活计了。妈每天都有特定的活儿要干，她总是说：

星期一，洗衣服；
星期二，熨衣服；
星期三，缝衣服；
星期四，搅奶油；
星期五，搞卫生；
星期六，烤面包；
星期天，歇口气。

一个星期里，劳拉最喜欢搅奶油和烤面包的日子。

冬天的奶油不像夏天的那么金黄，搅拌出来白生生的，不怎么好看。妈喜欢餐桌上的每件东西都漂漂亮亮的，所以到了冬天，她就会给奶油上颜色。

她先把奶油放进高高的陶制搅拌桶里，靠在炉子边上加热；然后拿出一根长长的橘黄色的胡萝卜，洗净、削皮；接着拿出一口旧的平底锅，锅底有一个个小洞洞，是爸用钉子砸出来的。妈就在这些小洞洞上擦胡萝卜，把它全擦到那些小洞洞下面去，然后把平底锅拎起来，底下就是一堆软软的、水灵灵的胡萝卜碎末。

妈把胡萝卜碎末放在炉子上的一小锅牛奶里，等牛奶热了，就把牛奶和胡萝卜都倒进一个布口袋，再把黄灿灿的牛奶挤进搅拌桶，给所有的奶油都染上颜色。这下做出的奶油就是好看的鹅黄色了。

牛奶挤出来以后，劳拉和玛丽可以吃胡萝卜渣。玛丽觉得大的那份应该归她，因为她年龄大；劳拉说自己应该多吃，因为她年龄小。但是妈说必须平均分配。噢，胡萝卜渣真好吃啊！

奶油准备好了，妈用开水烫了烫长长的木头搅拌棍，把它放进搅拌桶，然后盖上搅拌桶的木头盖子。盖子中间有

一个圆圆的小洞，妈把搅拌棍穿过小洞，一上一下，一上一下地杵动着。

这需要搅拌很长时间，有时候妈停下来歇息时，玛丽会上去搅一会儿。搅拌棍太重了，劳拉还拎不动。

起初，溅在小洞周围的奶油看上去稠稠的、滑腻腻的。过了很长时间后，它们就变成颗粒状了。妈放慢了搅拌速度，搅拌棍上开始出现细小的黄油颗粒。

打开搅拌盖后，只见白色的奶脂中浮着一大块金灿灿的黄油。妈用木勺子将这块黄油捞出来，放进一只木碗，在冷水里洗了许多遍，一边不断地用勺子翻动，直到水变得清澈。之后，妈又往黄油里加了些盐。

接下来是做黄油最精彩的一刻了——妈要用模子把黄油做成固定形状。木头做的黄油模子的活动底部刻着一幅画：一颗带着几片小叶子的草莓。

妈用勺子把黄油紧紧地压进模子，直到模子里塞得满满实实的。然后她把模子倒过来扣在盘子里，推一推活动底

部的手柄。这样，一块结结实实的金色黄油就掉出来了，顶上还刻着那颗草莓和几片叶子。

劳拉和玛丽分别站在妈两边，屏住呼吸注视着。金色的黄油块一块接一块地落在盘子里，每块顶上都印着一颗草莓。等把所有的黄油都用模子套好了，妈让她们每人喝了一些新鲜、美味的乳酪。

星期六，妈做面包的时候，她们每人都会得到一小块面团，可以做一个小面包。此外，她们还会得到一块做饼干的小面团，可以做一些小小的饼干。有一次，劳拉还在自己的面饼锅里做了一个馅饼呢。

一天的工作结束后，妈有时会给她们剪纸娃娃。她用硬邦邦的白纸剪出娃娃，再用铅笔画出五官，用边边角角的彩色纸剪出帽子、丝带和花边，让劳拉和玛丽把自己的娃娃打扮得漂漂亮亮的。

不过，最美妙的时光是晚上爸回家之后。

爸在积雪覆盖的大森林里奔走了一天，胡须上挂着细

细的小冰珠。他把枪挂在门上，脱掉毛皮帽子和手套，喊道："我喝了一半的苹果小甜酒在哪儿呢？"

他说的是劳拉，因为劳拉是那么小，那么甜美可爱。

爸在炉子旁烤火时，劳拉和玛丽就会跑过去爬上他的膝头坐着。然后，爸会穿上外衣，戴上帽子和手套，出去干些杂活儿，抱回来许多生火用的木柴。

有时，爸会沿着放置捕兽夹的路线检查一遍，因为它们都是空的，所以很快就能走完一圈。有时，他打到猎物的时间比平常早，就会早一些回家。这样，他就有许多时间陪劳拉和玛丽一起玩了。

他们最喜欢的一个游戏叫“疯狗游戏”。爸用手指胡噜胡噜他那浓密的褐色头发，让它们全竖起来。然后他四肢着地，发出吼叫，追得劳拉和玛丽满屋子乱跑，想把她们逼到墙角，无处可逃。

劳拉和玛丽跑得很快，躲闪敏捷。可是有一次，爸把她们堵在了炉子后面的柴火箱旁。她们没法从爸身边绕过去，也没有别的出路可逃。

这时候，爸的吼叫声是多么吓人啊！他乱蓬蓬的头发根根竖立，眼神恶狠狠的，看上去真像是条疯狗。玛丽吓坏了，动弹不得。爸逼过来的时候，劳拉大声尖叫，惊慌中使劲一跳，拖着玛丽爬到了柴火箱上。

眨眼间，“疯狗”不见了，只有爸站在那里望着劳拉，一双蓝眼睛亮晶晶的。

“哎呀！”爸对劳拉说，“你只是一小瓶喝了一半的苹果酒，可是我的天哪，你简直跟一匹法国小马一样厉害呢！”

“你不该这样吓唬孩子，查尔斯，”妈抱怨道，“看把她

们吓得，眼睛睁得滴溜儿圆！”

爸看了看，然后取下他的小提琴，开始边拉边唱：

美国佬儿进城去，
穿着他的条纹裤。
他说房子太多了，
城在哪里看不出。

劳拉和玛丽顿时把“疯狗”忘到了脑后。

看到许多大长枪，
大得赶上枫树桩。
每次枪口转方向，
两头老牛得帮忙。

那些长枪一开火，
用掉火药一大箩。
就像老爸打猎枪，
只是声音响得多。

爸用脚打着拍子，劳拉拍着巴掌给爸的歌声伴奏。

我唱那些美国佬啊，
我唱那些美国佬！
我唱那些美国佬啊，
我唱那些美国佬！

在荒凉的大森林里，在寒冷的冰天雪地里，小木屋是那么暖和、舒适和温

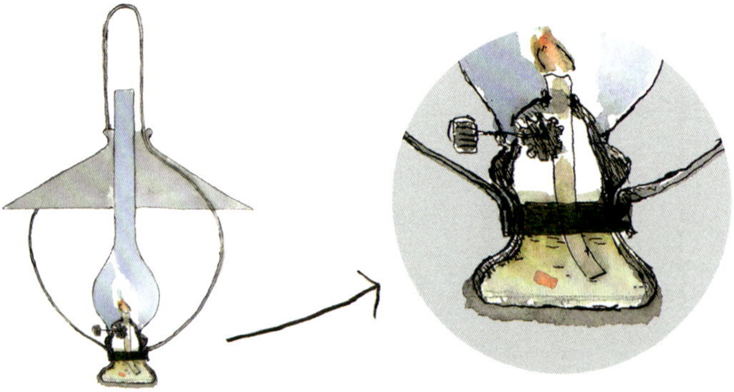

馨！爸、妈、玛丽、劳拉和小宝宝卡瑞在小木屋里很开心、很惬意，特别是晚上。

壁炉里燃着熊熊的旺火，寒冷、黑暗和野兽都被关在外面。浑身长满斑点的牛头犬杰克和小猫黑苏珊躺在壁炉前，冲着壁炉里的火苗眨巴眼睛。

妈坐在她的摇椅里，借着桌上油灯的光做针线活儿。灯光亮得刺眼。那只装着煤油的玻璃灯盏底部加了盐，这样煤油就不会爆炸了，为了好看，妈还往盐里撒了一把红色的绒布头。这样确实很好看。

劳拉喜欢盯着油灯看，玻璃灯罩那么干净，那么明亮，黄色的火苗那么平稳，还有玻璃灯盏里清澈的煤油，被那些绒布头映成了红色。她还喜欢盯着壁炉里的火苗看，火舌跳动，每时每刻都在变化。在金灿灿和红彤彤的木炭上方，蓝色的火焰微微摇曳着。

然后，爸开始讲故事。

劳拉和玛丽央求爸讲故事时，爸总是把她们抱到腿上，用长长的络腮胡扎她们的脸，逗得她们咯咯笑。他的眼睛蓝莹莹的，充满了快乐。

一天夜里，爸看着黑苏珊在炉火前伸了个懒腰，爪子一会儿伸出来，一会儿缩回去，便说："你们知道吗？豹子实际上也是一种猫，一种特别特别大的野猫。"

"不可能。"劳拉说。

"真的，"爸说，"想象一下，如果黑苏珊比杰克块头还大，比杰克叫起来还凶狠，它就跟豹子差不多一样了。"

他让劳拉和玛丽在他的膝头坐得更舒服些，然后说道："我给你们讲讲爷爷和豹子的故事吧。"

"是你的爷爷吗？"劳拉问。

"不，劳拉，是你们的爷爷、我的父亲。"

"噢。"劳拉说着，在爸的胳膊上依偎得更紧了。

她知道爷爷。爷爷住在大森林里一座遥远的大木屋里。爸开始讲道：

爷爷和豹子的故事

“有一天，你们的爷爷进城，很晚才往家赶。他骑马穿过大森林的时候，天已经黑了，黑得连路都看不清。他突然听见一只豹子在叫，吓坏了，因为他没有带枪。”

“豹子是怎么叫的？”劳拉问。

“像女人那么叫，”爸说，“就像这样。”他尖叫起来，吓得劳拉和玛丽浑身发抖。

妈从椅子里跳了起来，说：“行行好吧，查尔斯！”

但其实劳拉和玛丽喜欢受到这样的惊吓。

“爷爷骑的马跑得很快，因为它也吓坏了，但怎么也甩不掉那头豹子。在漆黑的森林里，豹子一直穷追不舍。那是一头凶狠的豹子，跑起来跟马一样快。它一会儿在道路这边

叫，一会儿在道路那边叫，一直紧紧地跟在后面。

“爷爷把身子贴在马鞍上，催马快跑。马已经跑出了它最快的速度，但仍然能听见豹子在后面叫。

“爷爷突然看见了豹子，它从一棵树梢跳到另一棵树梢，几乎就在爷爷的头顶。

“那是一头巨大的黑豹，它凌空跃起，就像黑苏珊跳起来抓老鼠那样。可它比黑苏珊要大许多许多倍。它的个头实在太大了，如果跳到爷爷身上，就凭那巨大而锋利的爪子和长长的尖牙，肯定会要了爷爷的命。

“爷爷骑着马拼命逃窜，就像老鼠躲着猫那样。

“后来豹子不再叫了，爷爷也没有再看见它，但知道它从后面追上来了，在漆黑的树林里紧追不舍。马拼命地跑着。

“最后，马跑到了爷爷家。爷爷看见豹子猛地跃起，就赶紧跳下马，靠在门上。他一头冲进屋里，把门重重地关上。豹子跳到了马背上，正好落在爷爷刚才坐的位置。

“马没命地嘶吼着，冲进了大森林，豹子骑在马背上，用利爪撕扯马的后背。爷爷一把抓过墙上的枪，奔到窗口，一枪就打死了豹子。

“爷爷说，他再也不会不带枪进入大森林了。”

爸讲这个故事的时候，劳拉和玛丽瑟瑟发抖，紧紧地依偎着他。她们坐在爸的腿上，被爸结实的胳膊搂着，感到又安全又舒服。

她们多么喜欢坐在温暖的炉火前啊，黑苏珊在壁炉前打着呼噜，好样儿的看家狗杰克伸展四肢躺在它旁边。听到狼的嗥叫，杰克立刻竖起脑袋，后背上的毛都立了起来。不过，劳拉和玛丽听着黑暗、寒冷的大森林里那个孤独的声音，心里并不害怕。

在这座木头小屋里，她们感到温馨而舒适，屋外堆着厚厚的积雪，风在哭喊，因为它不能进来烤火。

第三章

长长的猎枪

每天晚上，爸开始讲故事前，都要为第二天打猎准备好子弹。劳拉和玛丽总是一起来帮忙。她们拿来大大的长柄勺子、满满一箱子铅粒，还有子弹模子。爸蹲在壁炉前做子弹，小姐妹俩一边一个紧紧地挨着爸，看着他做。

爸先把铅粒放在大勺子里，搁在煤火上烤化。铅化成水后，他将铅水小心地倒进子弹模子的小洞眼里。等了一分钟后，爸打开模子，一枚闪闪发亮的新子弹就落在了壁炉前的地板上。

子弹很烫，不能摸，可是它亮晶晶的，看上去那么诱人，有时候劳拉和玛丽忍不住要去摸一摸。手指烫疼了，但她们什么也没说，因为爸跟她们讲过新做出来的子弹是不能碰的。手指烫疼了只能怪自己，她们应该把爸的话记在心里的。所以，她们只是把手指含在嘴里降降温，继续看爸做子弹。

等地板上有了一堆亮闪闪的子弹，爸就会停住手。子

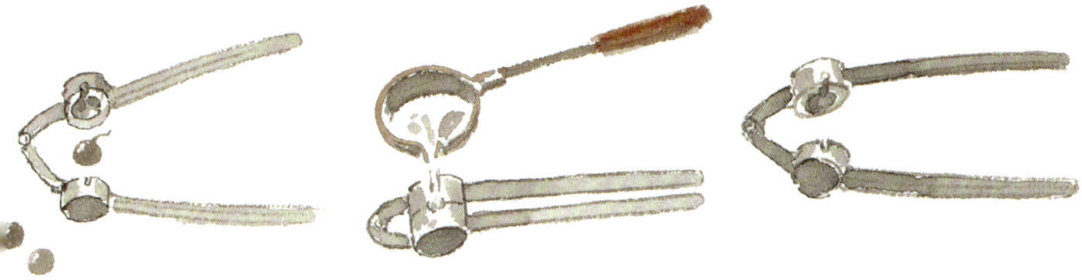

弹冷却后，他会拿起大折刀，把模子洞眼里留下的小铅块削掉，将削下来的小铅块仔细地收集起来，等下次做子弹的时候再把它们烤化。

爸把做好的子弹装进子弹袋里。那是妈用爸打的一头鹿的皮缝制的一个漂亮小口袋。

子弹做好后，爸把猎枪从墙上拿下来，开始擦枪。枪在冰天雪地的林子里用了一整天，可能会变得有点儿潮湿，枪膛里面也肯定被硝烟弄脏了。

于是，爸把枪膛下面的推弹杆取下来，在它顶端系一块干净的布。他把枪托竖在壁炉前的一个平底锅里，把茶壶里的开水往枪膛里倒。然后他迅速把推弹杆捅进去，一上一下、一上一下地擦拭，被烟灰染黑的热水就会从装子弹的那个小洞眼里喷出来。

爸不断地加水，用绑着布片的推弹杆反复擦拭枪膛，直到流出来的水变清，就说明枪膛已经擦干净了。灌进去的

水必须是滚烫的，这样烫热的钢管就会立刻变干。

然后，爸把一块浸过油的干净抹布裹在推弹杆上，趁枪膛还热着，给里面仔细地擦上一层油。他用另一块浸过油的干净抹布，把枪外面彻底擦了一遍，从头到尾都擦得油光锃亮。接着他又擦枪托，把木头枪托也擦得闪闪发亮。

现在，他准备给枪装子弹了，这得劳拉和玛丽来帮忙。爸站得直直的，把长长的猎枪竖起来，枪口朝上，劳拉和玛丽一左一右站在他的两边。爸说：“你们好好瞧着，如果我出错了就告诉我。”

她们总是非常细心地盯着看，但爸从来没出过错。

劳拉把装满火药的牛角递给爸。牛角又光又亮，顶上有一个小小的金属盖。爸先往小盖子里灌满火药，再把火药倒进枪膛。然后，他轻轻晃一晃枪，敲敲枪管，确保所有的火药都落在枪管底部。

“我的碎布盒呢？”爸一问，玛丽就把那个小铁皮盒子

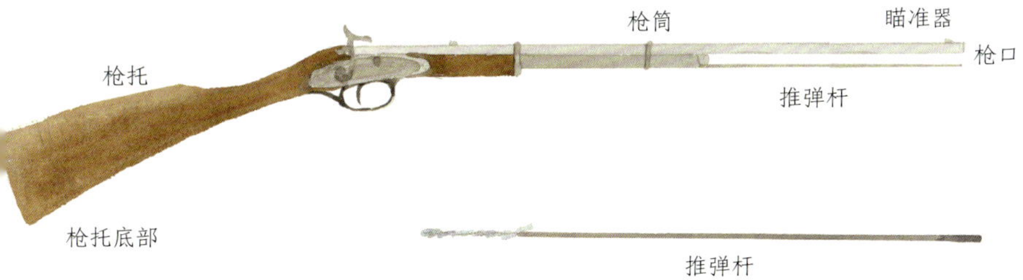
枪筒
瞄准器
枪口
枪托
推弹杆
枪托底部
推弹杆

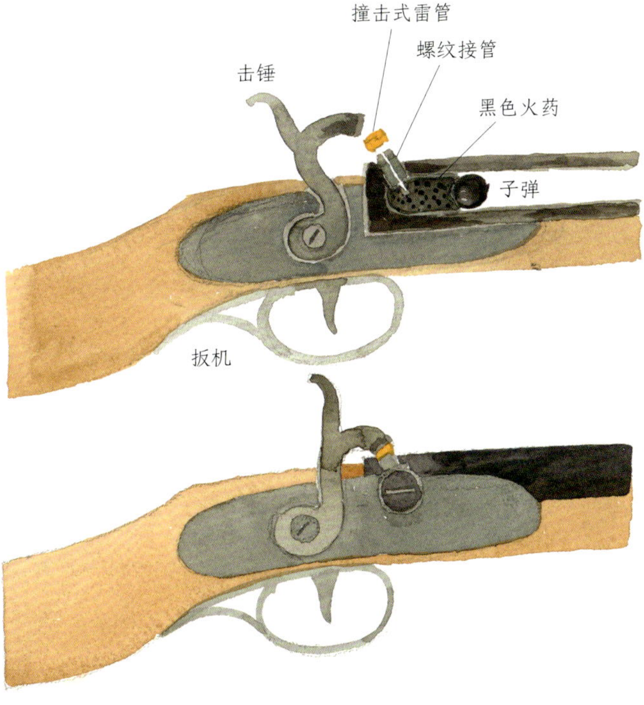
撞击式雷管
螺纹接管
击锤
黑色火药
子弹
扳机

递给他，盒子里装满了浸过油的碎布头。爸把一块浸过油的碎布头放在枪口，然后在上面放一粒亮晶晶的新子弹，用推弹杆把子弹和碎布头推进枪膛。

接着，爸把子弹和油布紧紧地压在火药上。他用推弹杆压它们的时候，推弹杆会在枪膛里反弹回来，这时爸会用手摁住，再用力压下去。爸要这样反反复复推压很长时间。

接下来，他会把推弹杆贴着枪膛重新装好。他从口袋里掏出一盒雷管，抬起枪的击锤，把一个闪亮的小雷管套在击锤下面的凹形撞针上。

他慢慢地、小心翼翼地把击锤放下去。如果击锤落得太快——砰！枪就会走火。

现在，子弹装好了，爸把枪架在门上方的钩子上。

爸在家的时候，枪总是架在门上方那两根木头钩子上。钩子是爸做的，他用刀子把一根带杈的树枝削出来，把杈子直的那头钉进墙上木头的洞眼里。弯的那头往上翘起，正好

子弹袋

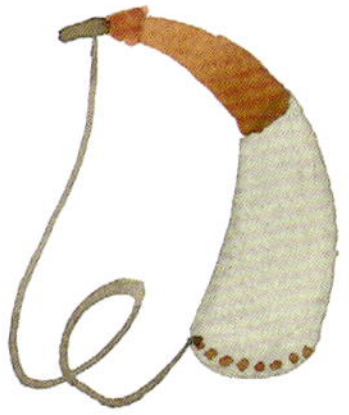

装火药的牛角

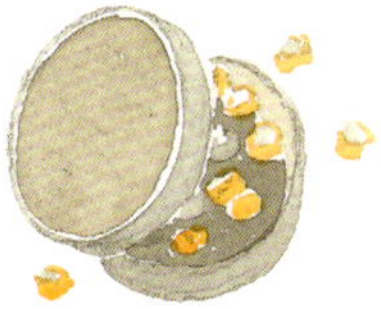

雷管盒

稳稳地把枪托住。

枪里总是装着子弹，总是架在门上，这样，无论爸什么时候需要用枪，一伸手就能拿到。

爸进大森林之前，一定会确保子弹袋里装满了子弹。他口袋里放着装碎布的铁皮盒和雷管盒子，腰上别着装火药的牛角和一把锋利的小斧子，肩头扛着装满子弹的枪。

每次开枪之后，爸总是以最快的速度把子弹装满，他说，他可不想遇到麻烦时，手里端着的是一杆空枪。

每次朝野兽开枪之后，爸都不得不停下来把子弹重新装好——取出一定分量的火药，填进枪膛，抖一抖让火药落下去，再把碎布和子弹放进去，压实，接着在击锤下面放一个新的雷管——然后才可以再次射击。如果打熊或豹子，必须一枪毙命。否则，还没等猎人重新装好子弹，受伤的熊或豹子就会反扑过来结果了他的性命。

不过，爸独自进入大森林时，劳拉和玛丽从不担心。她

们知道爸总是能一枪就把熊或豹子打死。

做好子弹，装好枪，就到了讲故事的时间。

“给我们讲讲‘林子里的声音’这个故事吧。”劳拉央求他。

爸眯着眼睛看着劳拉。“哦，不行！”他说，“你们不会喜欢听我小时候调皮捣蛋的那些事的。”

“噢，喜欢，我们喜欢！我们喜欢！”劳拉和玛丽齐声嚷起来。于是，爸就开始讲故事了。

爸和林子里的声音的故事

“那时候，我还是个小男孩，比玛丽大不了多少。每天下午，我都要到林子里去找奶牛，把它们赶回家去。我爸告诉我不许在路上玩耍，要抓紧时间，在天黑前把奶牛都赶回家。因为林子里有熊、狼和豹子。

“一天，我出发得比平时早，就觉得不需要赶时间。林子里可看的东西太多了，我忘记了夜幕正在降临。树丛里有红色的松鼠，那些金花鼠在树叶间跑得飞快，小兔子在空地上一起做游戏。你们知道，小兔子睡觉前总是在一起做游戏的。

“我开始把自己想象成一个很厉害的猎人，悄悄地跟踪野兽和印第安人。我假装在跟印第安人打仗，好像整片林子里都藏着野人。突然，我听见小鸟在叽叽喳喳地道晚安。此时，小路已经看不清了，树林里漆黑一片。

“我知道必须赶紧把奶牛赶回家，要不然，不等它们安

全进入牲口棚，天就会黑透。可是我怎么也找不到那些奶牛了！

“我仔细地听，但听不到它们的铃铛声。我大声地喊，但奶牛也没有过来。

“我害怕黑暗，害怕野兽，但是找不到奶牛，我不敢回家见我爸。于是我在林子里乱跑，一边找一边喊。四周的暗影越来越浓，越来越黑，林子似乎变得大了许多，大树和灌木丛看上去都阴森森的。

“哪儿都找不到奶牛。我只好爬到山上寻找、呼喊，又下到黑黢黢的山谷中呼喊、寻找。我停下来倾听奶牛的铃铛声，可是四下里只有风吹树叶的沙沙声。

“突然，我听见了粗重的呼吸声，我想肯定是一头豹子正躲在我身后的黑暗中。其实，那只是我自己的呼吸声。

“我光裸的腿被荆棘划伤了，我在矮树林里狂奔起来，树枝劈头盖脸地打来。但我还是一个劲地跑，边找边呼喊着：

‘苏其！苏其！’

“‘苏其！苏其！’我用全部的力气喊道，‘苏其！’

“这时，从我的头顶上方传来一个声音：‘谁？’

“我吓得魂飞魄散，连头发根都竖了起来。

“‘谁？谁？’那个声音又问。我没命地跑啊跑啊！把找奶牛的事忘到了脑后，一心只想赶紧离开漆黑的林子，回到家里。

“黑暗中的那个家伙紧跟着我，又喊道：‘谁——？’

“我拼命地跑，跑得气都喘不过来了，还是一个劲地往前跑。不知什么东西抓住了我的脚，我摔倒了。我赶紧跳起来继续跑，就算一头饿狼也追不上我。

“最后，我终于跑出了漆黑的树林，来到了牲口棚旁。奶牛们全站在那里，等着被放进栅栏门。我把它们放了进去，然后就跑回家里。

“爸抬起头问：‘小伙子，怎么回来得这么晚呀？是不

是在路上玩了？'

“我低头看着脚，这才发现一个大脚趾的指甲盖被连根掀掉了。当时我实在太恐惧了，根本就没觉得疼，直到这一刻才觉得一阵钻心的疼。”

爸每次讲到这儿就会停下来，劳拉就催促他：“接着讲，爸！快接着讲吧。”

“好吧，”爸继续往下讲，“然后你们的爷爷到外面的院子里，砍了一根粗粗的树枝。他回到屋里，狠狠地抽打了我一顿，让我从此记住要听他的话。

“‘一个九岁的大男孩应该有点儿记性了，’他说，‘我

对你说的话都是有道理的，只要你乖乖地照着做，就不会倒霉。’”

“是的，是的，爸！”劳拉在爸的膝头蹦跳着说，“然后爷爷怎么说呢？”

“爷爷说：‘如果你乖乖地听我的话，就不会天黑后才从树林里跑出来，也就不会被一只长耳猫头鹰吓破胆了。’”

第四章 圣诞节

圣诞节快要到了。

小木屋几乎被雪埋住了。墙壁和窗户旁堆了厚厚一层积雪，早上爸打开门，发现外面的雪堆得比劳拉的脑袋还高。爸拿起铁锹，把雪铲开，辟出一条通往牲口棚的小路。牲口棚里，马和母牛都舒舒服服地待在它们温暖的圈里。

这些天天气不错，白天晴朗明亮。劳拉和玛丽站在窗前的椅子上，越过闪闪发亮的积雪望着那些闪闪发亮的树。雪堆积在黑黢黢、光秃秃的树枝上，在阳光下闪烁着光亮。屋檐下的冰柱一直挂到雪堆上，那大冰柱的根部有劳拉的胳膊那么粗呢。它们像玻璃一样透明，晶光闪闪。

爸顺着小路从牲口棚走来，呼出的气悬在空中，形成一片白雾。一团团雾气很快就在他的胡子上凝成了白色的霜花。

爸进屋来，跺掉靴子上的雪，把劳拉抱起来，紧紧地贴在他冷冰冰的大外套上。他胡子上的霜花融化了，变成了一粒粒小水珠。

每天晚上，爸都很忙，他忙着摆弄一块大木板和两块小木板。他用刀子削，又用砂纸和手掌反复摩擦，最后，劳拉抚摸着打磨好的木板，感觉它就像丝绸一样柔软光滑。

爸用他锋利的折刀在木板上削啊削，把大木板的四角刻成尖尖的小山和小塔，最顶上还刻了一颗大星星。他在大木板上挖出一些小小的洞眼，把洞眼刻成窗户、星星、弯月和圆圈形状，周围还刻了许多小小的树叶、花草和鸟儿。

爸把一块小木板削成漂亮的弧形，边缘刻上树叶、花草和星星，里面刻上弯弯的月亮和卷曲的花饰。在那块最小的木板边缘，爸刻了一片小小的葡萄藤，藤上还开着小小的花。爸慢慢地、小心翼翼地精雕细刻，连最细微处也毫不马虎。

最后，几块木板都完工了。一天晚上，他把它们拼装在了一起，拼成了一个漂亮的小搁架。那块刻有美丽图案的大木板是一个光滑的搁板后壁，那颗大星星正好在它的顶部。

弧形的木板在底下支撑着搁板，雕刻得也非常漂亮。那片小小的葡萄藤就环绕在搁板边缘。

爸做的这个搁架，是送给妈的圣诞礼物。他把它小心地挂在小木屋窗户中间的墙上，妈把她的小瓷人儿放在搁架上。

那个瓷做的小女人戴着一顶瓷帽子，弯弯的瓷鬈发垂到她的瓷脖子上。她的瓷裙子前面绣着花边，她还系着一条浅粉红色的围裙，穿着一双镀金的小瓷鞋子。她漂漂亮亮地站在搁架上，周围环绕着雕刻的花草、树叶、小鸟和月亮，头顶上是那颗大星星。

妈整天忙个不停，为圣诞节做好吃的东西。她烤了自然发酵的面包、印第安黑麦面包、瑞典式薄脆饼干，还做了一大锅烤豆子，里面加了鲜肉和糖浆。她烤了糖醋馅饼、干苹果馅饼，还有一大罐曲奇饼。妈让劳拉和玛丽舔了舔做糕点的勺子。

一天早晨，她把蜜和糖放在一起煮，熬成稠稠的糖浆，爸从外面端进两盘干净的白雪。劳拉和玛丽每人拿着一盘，爸和妈手把手地教她们怎么把黑乎乎的糖浆像一条条细丝一样慢慢浇进白雪里。

他们用糖浆画出圆圈、卷纹和波浪的形状，糖浆一沾上雪就立刻变硬，成了糖。劳拉和玛丽每人可以吃一块，剩下来的要留到圣诞节那天才能吃。

之所以做这么多东西，是因为伊莱扎姑姑、彼得姑父，还有皮特表哥、爱丽丝和艾拉表姐要来这里过圣诞节。

圣诞节前一天，客人们来了。劳拉和玛丽听见雪橇铃

铛的叮叮声欢快地响了起来，越来越近，越来越响，接着就看见那辆大雪橇从树林里钻出来，驶向小木屋门口。雪橇里坐着伊莱扎姑姑、彼得姑父和几个表兄妹，他们个个都用毯子、长袍和水牛皮袄裹得严严实实的。

他们套了一层又一层衣服，裹着各种各样的围巾，看上去就像一大堆奇形怪状的大包裹。

大家都进来后，小木屋里顿时热闹起来。黑苏珊跑出去躲进了牲口棚，杰克在雪地里跑来跑去地兜圈子，汪汪叫着，好像永远也停不下来。终于可以和表兄妹一起玩了！

伊莱扎姑姑刚给皮特、爱丽丝和艾拉脱掉外衣，几个孩子就和劳拉、玛丽一起叽叽喳喳地跑来跑去。伊莱扎姑姑实在受不了，叫他们安静些。爱丽丝提议：“我来告诉你们做什么吧。我们来画画吧。”

爱丽丝说必须到外面才能画画。妈觉得外面太冷，不让劳拉出去玩。可是，看到劳拉那么失望，妈还是同意让劳拉

去了，但说只能玩一小会儿。她给劳拉穿上大衣，戴上手套，又加了一件带帽子的厚斗篷，在脖子上裹了一条围巾，才放她出去。

劳拉从没有玩得这么开心过。整个上午，她都跟爱丽丝、艾拉、皮特和玛丽一起在外面的雪地里玩，画图画。他们是这么做的：每人爬上一个大树桩，展开双臂，猛地从树桩上跳下来，栽到厚厚软软的雪堆里。他们脸朝下扑倒，然后小心翼翼地爬起来，不把摔倒时留下的印子弄乱。如果做得好，雪地上就会有五个坑，形状跟他们四个女孩和一个男孩几乎一样，有胳膊有腿。他们把这称为“他们的图画”。

孩子们痛痛快快地玩了一天，晚上兴奋得睡不着觉，但他们必须睡觉，不然圣诞老人就不会来。他们把长袜子挂在壁炉边，念了祷词，就上床去了——爱丽丝、艾拉、玛丽和劳拉都睡在楼下的一张大床上。

皮特睡在带轮子的小矮床上，伊莱扎姑姑和彼得姑父睡那张大床。阁楼地板上另外铺了一张床，给爸和妈睡。彼

得姑父把雪橇上的那些水牛皮袄和毯子都拿了进来，足够每个人盖的了。

爸、妈、伊莱扎姑姑和彼得姑父坐在炉火边聊天。劳拉迷迷糊糊地刚要进入梦乡，就听彼得姑父说：“那天我出门到莱克城去，伊莱扎差点儿送了命。你们知道‘王子’吧？就是我那条大狗。”

劳拉一下来了精神，她一向喜欢听狗的故事。她像小耗子一样静悄悄地躺在那里，看着火光在小木屋的墙上闪动，听彼得姑父讲故事。

“是这样的，”彼得姑父说，“一大早，伊莱扎到泉水边去打水，‘王子’跟在她后面。山谷边有一条小路通向下面的泉水那儿，到了小路上，‘王子’突然一口咬住伊莱扎的裙子，拼了命地拽她。

“你们知道‘王子’的块头有多大，伊莱扎骂它，但它就是不肯松口。它个子大，力气也大，伊莱扎根本挣脱不开。它不停地又是叫，又是拽，最后把伊莱扎的裙子都扯掉

了一块。”

“就是我那条蓝印花的裙子。”伊莱扎姑姑对妈说。

“天哪！”妈惊叫道。

“它把裙子后面扯掉了一大块，”伊莱扎姑姑说，“我气坏了，恨不得狠狠地抽它一顿。没想到它还朝我龇着牙咆哮。”

“‘王子’敢朝你龇牙？”爸很惊讶。

“是啊。”伊莱扎姑姑说。

“然后，伊莱扎想继续朝泉边走，”彼得姑父接着说，“可是‘王子’又蹿到小路前面挡住她，冲她咆哮。不管伊莱扎怎么说，怎么骂，‘王子’都不理会。它只是露着尖尖的牙齿，一个劲儿地狂叫。伊莱扎想从它身边绕过去，可它总是挡在前面，恶狠狠地冲着伊莱扎龇牙，把伊莱扎吓坏了。”

“那是肯定的。”妈说。

“它凶得要命，我以为它要咬我呢，”伊莱扎姑姑说，

“我相信它会咬的。”

“从没听说过这种事情！”妈说，“那你后来是怎么办的呢？”

“我一转身，赶紧跑回家里，砰地把门关上，孩子们都在家呢。”伊莱扎姑姑回答。

“‘王子’对陌生人很凶，这不用说，”彼得姑父说，“可是它对伊莱扎和孩子们总是很友好，我觉得把家里人交给它特别放心。伊莱扎怎么也不明白是怎么回事。

“伊莱扎进屋后，‘王子’在房子周围走来走去，一声声地咆哮。每次伊莱扎想把门打开，‘王子’就冲过来汪汪大叫。”

“它疯了吗？”妈说。

“我也是这样想，”伊莱扎姑姑说，“我不知道该怎么办。我跟孩子们被关在屋里，不敢出门。家里没有水，我甚

至不能取点儿雪来化水。每次只要我把门打开一道缝，‘王子’就好像要把我撕成碎片似的。”

“这样持续了多长时间？”爸问。

“一整天，一直到傍晚。”伊莱扎姑姑说，“要不是彼得把枪拿走了，我可能就开枪把‘王子’打死了。”

“傍晚的时候，”彼得姑父说，“它安静了下来，躺在门口。伊莱扎以为它睡着了，就决定从它身边溜过去，到泉边打些水回来。

“伊莱扎轻手轻脚地打开门，你猜怎么样？‘王子’一下子就醒了。它看见伊莱扎手里拎着水桶，就像往常一样，站起来在前头带路，朝泉边走去。到了那里，伊莱扎看见泉水周围的雪地上，有一只豹子新踩下的脚印。”

“那脚印跟我的手一样大。”伊莱扎姑姑说。

“没错，”彼得姑父说，“那可是个大家伙，我从没见过那么大的脚印。如果那天早晨‘王子’任由伊莱扎到泉边去，那豹子肯定会把她吃掉的。我看过那脚印，豹子多半就趴在泉水上方那棵大橡树上，等着动物过去喝水。毫无疑问，要是伊莱扎过去了，豹子肯定会一下子跳到她身上。

“伊莱扎看见那些脚印时，已经快到傍晚了，她赶紧打了水回到家里。‘王子’寸步不离地跟着她，还不时地回头看看山谷下面。”

“我带着‘王子’一起进了家门，”伊莱扎姑姑说，“我们都待在屋里，一直等到彼得回家。”

“你逮到它了吗？”爸问彼得姑父。

“没有，”彼得姑父说，“我拿着枪，把周围找了个遍也

没找到它，只发现了它后来留下的一些脚印。它往北边去了，进了大森林里。”

这时，爱丽丝、艾拉和玛丽也都醒了，劳拉把头藏在被子里，压低声音对爱丽丝说：“天哪！你当时害怕吗？”

爱丽丝也小声回答说她很害怕，但艾拉更害怕。艾拉却嘟囔着，说她根本没有害怕。

“哼，你当时一直嚷嚷着要喝水。”爱丽丝小声说。

她们就躺在那里窃窃私语。后来妈说：“查尔斯，我看你要是不给这些孩子拉小提琴，她们就永远也睡不着了。”于是，爸就把小提琴拿了出来。

房间里映照着火光，静悄悄、暖融融的。妈的影子、伊莱扎姑姑的影子、彼得姑父的影子，被闪动的火光映在墙上，大大的，不停地抖动，爸的小提琴快乐地歌唱着。

它唱的是《金钱鼠》《红色小母牛》《魔鬼的梦》和《阿肯色的旅行者》。爸拉着小提琴轻轻歌唱，劳拉就在这歌声中进入了梦乡。

我心爱的小耐丽，
他们把你抢走啦，
我再也见不到我的心上人。

早上，他们几乎同时醒了过来，看着自己的长袜子，发现里面有了东西。圣诞老人来过了！爱丽丝、艾拉、玛丽和劳拉穿着红色的绒布睡裙，皮特穿着红色的绒布睡衣，全嚷嚷着跑过去看圣诞老人带来了什么。

每只长袜子里都有一双鲜红色的手套，还有一根长长的、扁扁的、红白条纹相间的薄荷味棒棒糖，两面都有精致的凹槽。

他们太高兴了，一开始谁都激动得说不出话来，只是睁着亮晶晶的双眼，目不转睛地看着这些可爱的圣诞礼物。最高兴的要数劳拉了，因为她得到了一个布娃娃！

这是一个漂亮的布娃娃，脸是白布做的，眼睛是两颗

黑纽扣。眉毛是用黑铅笔画的，面颊和嘴唇用商陆果的汁染得红红的，头发则是黑色的纱线，编织好又散开，所以带点儿卷曲。

布娃娃穿着小小的红色绒布长筒袜和黑布做的小小的高帮松紧鞋，衣服是漂亮的粉红色和蓝色棉布做的。

它实在太美丽了，劳拉惊喜得说不出话来。她只是紧紧地抱着它，忘记了一切。她不知道别人都在看着她，最后还是伊莱扎姑姑忍不住说：“大家快看，你们见过有谁把眼睛睁得这么大吗？”

劳拉得到了手套、糖果和布娃娃，别的女孩并不忌妒，因为除了小宝宝卡瑞和伊莱扎姑姑的小宝宝多里·瓦登，劳拉是最小的女孩子。小宝宝太小了，还玩不了洋娃娃，连圣诞老人是谁都不知道呢。她俩或许是受大家激动情绪的感染，把手指含在嘴里吮吸着，身子不停地扭来扭去。

劳拉在床边坐下，怀里抱着她的娃娃。她爱她的红手套，也爱糖果，但是最爱她的布娃娃。她给娃娃取名叫夏

洛特。

孩子们纷纷把自己的手套戴上试试，一边还东张西望地瞧着人家的手套。皮特把他的棒棒糖咬下一大块，爱丽丝、艾拉、玛丽和劳拉则用舌头舔着吃，这样可以吃得更久一些。

“好了，好了！”彼得姑父说，“有没有谁的袜子里什么也没有，只有一根鞭子呀？天哪，天哪，难道你们都是这么乖的好孩子吗？”

他们可不相信圣诞老人真的会不给谁礼物，只给一根鞭子。有的孩子遇到过这样的事，但他们不可能。整整一年里，每一天、每一刻都做乖孩子，真是太不容易了。

“你就别逗孩子们了，彼得。”伊莱扎姑姑说。

妈说：“劳拉，你不让别的小姑娘也抱抱你的布娃娃吗？”妈的意思是“小孩子不能这么自私”。

于是，劳拉让玛丽抱了抱漂亮的布娃娃，又让爱丽丝抱了一分钟，接下来轮到艾拉。她们抚摸着娃娃好看的衣服，

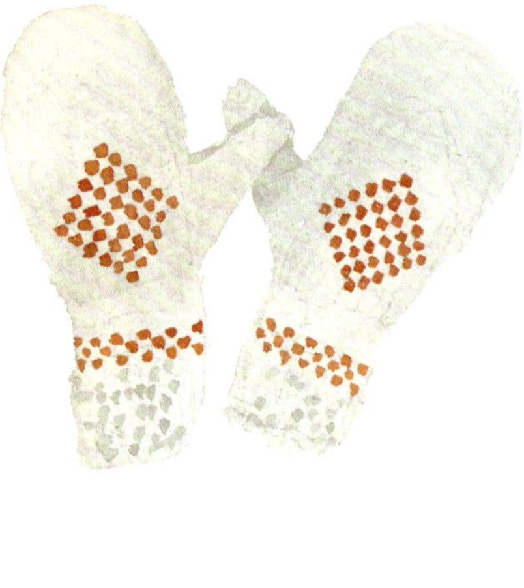

欣赏那红色的绒布小长筒袜和松紧鞋，还有弯弯的毛线头发。最后，夏洛特终于又安全地回到了劳拉的怀抱，她感到很高兴。

爸和彼得姑父每人得到了一双厚厚的新手套，手套上织着红白相间的小方块图案，是妈和伊莱扎姑姑亲手织的。

伊莱扎姑姑给妈带来了一个又大又红的“苹果”，里面塞满了丁香粉，不仅香气扑鼻，而且不会坏，因为这么多丁香粉可以保证“苹果”一直香甜、不烂。

妈送给伊莱扎姑姑一个小小的插针垫，是妈自己做的，表皮是绸布，里面是一片片柔软的白色绒布，可以把针插在上面。绒布还能防止针生锈。

他们都对妈的那个漂亮搁架赞不绝口，伊莱扎姑姑说，彼得姑父也给她做了一个。当然啦，上面刻的是不同的图案。

圣诞老人没有给他们任何东西。圣诞老人不给大人送礼物，不是因为他们表现不好——爸和妈都很好——这是因为他们长大了，大人必须互相赠送礼物。

然后，所有的礼物都得暂时放在一边。小皮特跟着爸和彼得姑父一起出去干活儿，爱丽丝和艾拉帮伊莱扎姑姑整理床铺，劳拉和玛丽摆桌子，妈准备早饭。

早饭吃的是煎饼，妈给每个孩子都做了一个煎饼小人儿。妈叫每个孩子轮流端着盘子过去，站在炉子边看她做。妈用一勺面糊糊摊出小人儿的脑袋、胳膊和腿。看着妈在滚烫的平底锅上把煎饼小人儿整个翻过来时，孩子们都激动坏了！热气腾腾的煎饼小人儿做好了，妈就把它盛在盘子里。

皮特一口就把他的煎饼小人儿的脑袋咬掉了。爱丽丝、艾拉、玛丽和劳拉吃得很慢，一小口一小口的，先吃胳膊和腿，然后是身子，脑袋留到最后。

今天太冷了，不能出去玩，但是有新手套可以欣赏，有糖果可以舔着吃，也很不错。他们一起坐在地板上，看《圣经》里的图画，还有爸那本绿色大厚书里的各种走兽和鸟儿的插图。看书的时候，劳拉一直把夏洛特紧紧搂在怀里。

接下来到了吃圣诞大餐的时间。爱丽丝、艾拉、皮特、

玛丽和劳拉在饭桌上一句话也没说，他们知道小孩子上餐桌吃饭时不能随便说话。不过，他们也不需要张嘴要饭菜，妈和伊莱扎姑姑把他们的盘子堆得满满的，让他们把所有的好东西都吃了个够。

“一年只有一次圣诞节。”伊莱扎姑姑说。

晚餐吃得很早，因为伊莱扎姑姑、彼得姑父和表兄妹们还要赶那么远的路回去。

“即使马跑得再快，”彼得姑父说，“天黑前我们也够呛能赶回家。”

所以，一吃过晚饭，彼得姑父和爸就去把马套在雪橇上，妈和伊莱扎姑姑把几个表兄妹严严实实地裹了起来。

他们穿上厚厚的羊毛长筒袜和鞋子，又在外面套上厚厚的羊毛长筒袜。他们戴上手套，穿上大衣，裹上厚厚的帽子和披肩，脖子上围着围巾，脸上蒙着厚厚的羊毛面罩。妈把滚烫的烤土豆放在他们的口袋里，好给他们暖暖手指。伊莱扎姑姑的熨斗在炉子上烘得烫烫的，准备给他们坐雪橇时

放在脚下。毯子、被子和水牛皮袄也都被焐得热乎乎的。

于是，他们都钻进了温暖舒适的大雪橇，爸把最后一件大袍子裹在他们身上。

“再——见！再——见！”他们高声道别。雪橇的铃铛叮叮响，马儿轻快地小跑着，带着他们越走越远。

不一会儿，欢快的铃铛声就听不见了，圣诞节就这么结束了。这是一个多么愉快的圣诞节啊！

第五章 星期天

冬天感觉真漫长啊！劳拉和玛丽整天待在家里，开始有些厌烦了。特别是星期天，时间过得好慢呀！

每个星期天，玛丽和劳拉都要从里到外穿上最好的衣服，头上扎上崭新的丝带。她们身上很干净，因为星期六晚上刚洗过澡。

夏天，她们用泉里打来的水洗澡。到了冬天，爸就在洗澡盆里装满干净的雪，放在炉子上加热，融化成水。妈在靠近暖炉的地方，在两张椅子中间搭上一条毯子，拦出一道帘子。妈就在帘子后面给她们洗澡，先给劳拉洗，再给玛丽洗。

劳拉先洗，因为她比玛丽小。每个星期六晚上，劳拉洗过澡，换上干净的睡衣后，就抱着夏洛特早早上床了。爸必须把洗澡盆里的水倒掉，重新再化一盆雪让玛丽洗澡。等玛丽上床以后，妈才在毯子后面洗澡，最后轮到爸洗。他们都洗得干干净净的，迎接星期天的到来。

星期天按规矩是要休息的，玛丽和劳拉不许乱跑、喊

叫，玩耍时也不许吵闹。玛丽不能缝她那条九块布拼成的床单，劳拉也不能给小宝宝卡瑞织那双小手套。她们可以静悄悄地看她们的布娃娃，但不能给娃娃做新的东西，也不许在娃娃的衣服上做针线，连别别针都不行。

妈给她们读《圣经》里的故事，或者读爸那本绿色的大厚书——《动物世界奇观》里关于狮子、老虎和白熊的故事。她们必须坐在那里安安静静地听，可以看图画，也可以轻轻地抱着自己的布娃娃，跟它们说话。除此之外，就没有别的事情可做了。

《圣经》很厚，封面是纸做的，劳拉最喜欢看里面的插图，特别是亚当给动物起名字的那一幅。

插画里，亚当坐在一块石头上，所有的

兽类和鸟类，不管是大是小，都围在他身边，焦急地等待着自己的名字。亚当看上去是那么悠闲自在。他用不着当心衣服会被弄脏，因为他根本就没穿衣服，只是腰上围着一块兽皮。

“亚当星期天也没有好衣服穿吗？”劳拉问。

“没有，”妈说，“可怜的亚当，他只能光着身子。”

劳拉并不觉得亚当可怜。她甚至希望自己也能光着身子。

一个星期天，吃过晚饭，劳拉再也受不了了。她跟杰克玩了几分钟后，就忍不住又跑又叫。爸叫她坐在椅子上保持安静，可是劳拉一坐下就

哭了起来，不住地用鞋后跟踢椅子腿。

“我讨厌星期天！”她说。

爸放下手里的书。“劳拉，”他严厉地说，“过来。”

劳拉知道屁股要挨打了，磨磨蹭蹭地走了过去。走到爸跟前时，爸严肃地看了她一会儿，然后把她抱到腿上，紧紧地搂着她。爸伸出另一只胳膊招呼玛丽，说：“我给你们讲一个爷爷小时候的故事吧。”

爷爷的雪橇和猪的故事

“你爷爷小的时候，劳拉，星期天跟现在不一样，不是从星期天早晨开始，而是从星期六傍晚太阳下山就开始了。太阳一下山，大家就得停止各种工作和游戏。

“晚饭气氛很严肃。吃过晚饭，爷爷的爸会大声读一章《圣经》，每个人都笔直地坐在椅子上，一动不动。然后爷爷他们都跪下来，听他们的爸说一段长长的祷词。当爷爷的

爸说了‘阿门’之后，爷爷他们便从地上起来，每人拿一根蜡烛，上床睡觉。必须直接上床，不许玩耍、笑闹，甚至不许说话。

“星期天早晨，他们吃的早饭是冷的，因为星期天不能烧煮东西。吃完早饭，他们都穿上最好的衣服去教堂。必须走着去，因为星期天是不能做任何工作的，套马车也算工作。

“走路必须很庄重、很严肃，眼睛看着前方。不许开玩笑，不许发出笑声，连脸上有点儿笑容也不行。爷爷和他的两个哥哥走在前面，他们的爸妈走在后面。

“在教堂里，爷爷和两个哥哥必须一动不动地坐整整两个小时，听牧师布道。他们不敢在硬板凳上乱动，不敢随便乱晃脚丫，也不敢扭头去看教堂的窗户、墙壁和天花板。必须纹丝不动地坐在那里，眼睛一刻也不能离开牧师。

“教堂的仪式结束后，他们慢慢地走回家。路上可以说话，但不能大声，而且绝对不许发出笑声或面带笑容。回到

家，他们吃的是前一天做好的午饭，和早饭一样是冷的。整个漫长的下午，他们都必须并排坐在板凳上学习《教义问答手册》，直到太阳落山，星期天才算结束了。

“爷爷的家在半山腰上，山坡很陡。从山顶到山脚的路正好从门前经过，冬天，从这里滑雪下山再理想不过了。

“有一个星期，爷爷和他的两个哥哥——詹姆斯和乔治，做了一个新的雪橇。他们把玩耍的时间全用在这上面了。他们从来没做过这么好、这么长的雪橇，三兄弟可以前后一个挨一个坐在上面。他们打算抓紧时间把雪橇做好，这样星期六下午就可以滑下山去。因为每个星期六下午他们都有两三个小时的玩耍时间。

“可是那个星期，他们的爸在大森林里砍树。他干得很辛苦，于是让三个儿子跟他一起去砍树。一大早，他们点着油灯先忙活家里的活儿，太阳升起来后，就到林子里去砍树。他们一直砍到天黑，回到家里还有活儿要干。吃过晚饭，

就必须上床睡觉了，这样第二天才能早早起床。

“因此一直到星期六下午，他们才有时间做雪橇。他们拼命地赶时间，可是雪橇做好的时候，太阳已经落山，转眼已到了星期六晚上了。

“太阳落山后，就不能滑雪下山了，一次也不能，那样会违反安息日的规矩。于是，他们把雪橇放在房子后面的棚屋里，等星期天过去再说。

“第二天，在教堂那漫长的两个小时里，他们的脚一动不动，眼睛盯着牧师，心里却想着那个雪橇。回到家吃午饭的时候，他们心里也只有雪橇。吃过午饭，爸坐下来读《圣经》，爷爷和詹姆斯、乔治像小耗子一样规规矩矩地坐在板凳上，看他们的《教义问答手册》，可是心里想的却是雪橇。

“透过窗户，他们看到外头太阳明晃晃地照着，路上的积雪闪闪发光，看上去那么平滑。这样的天气滑雪下山再好不过了。他们看着《教义问答手册》，一心想着新雪橇，觉

得这个星期天似乎永远也不会结束了。

“过了很长时间，他们听见了打鼾的声音。他们看着他们的爸，发现他把脑袋靠在椅背上，睡得正香。

“詹姆斯给乔治使了个眼色，然后从板凳上站起来，踮着脚尖从后门溜了出去。乔治看了看爷爷，也踮着脚尖跟了出去。爷爷害怕地看看他们的爸，也跟在乔治后面跑了出去，屋里只有他们的爸还在打着呼噜。

“三兄弟拿着新雪橇，悄没声儿地爬到山顶。他们打算滑下去，只滑一次，然后就把雪橇收起来，趁爸醒来之前悄悄溜回板凳上，继续看《教义问答手册》。

“詹姆斯坐在雪橇最前面，后面是乔治，再后面是爷爷，因为爷爷最小。雪橇开始滑动了，起初很慢，然后越来越快。它在长长的陡坡上一路下滑，感觉像飞一样。可是他们不敢喊叫，必须静悄悄地滑过自己家的房子，以免把他们的爸吵醒。

“除了雪橇滑过雪地的沙沙声和风擦过耳畔的呼呼声，

四下里没有别的声音。

“就在雪橇飞快地朝房子滑去时，一头大黑猪正好从林子里走了出来，站在了山路中央。

“雪橇的速度太快，根本停不下来，转弯也来不及了。雪橇直接滑到黑猪身下，把它撮了起来。随着一声尖叫，黑猪一屁股坐在了詹姆斯身上。它嗷嗷地叫个不停，声音又长又响，非常刺耳：‘吱吱——吱吱！吱吱——吱吱！’

“他们飞一般从房前滑过，猪坐在最前面，后面是詹姆斯，接着是乔治，最后是爷爷。他们看见他们的爸站在门口看着他们。可是他们停不下来，没处躲藏，也来不及说一句话。雪橇一路滑下山去，黑猪就这么坐在詹姆斯身上一直刺耳地尖叫着。

“到了山脚下，他们终于停住了。黑猪从詹姆斯身上跳下来，逃进了树林，仍然叫个不停。

“他们神情凝重地慢慢走上山去。他们收好雪橇，偷偷溜进家门，悄悄地在板凳上坐好。他们的爸在读《圣经》，抬头看了他们一眼，一句话也没说。

“然后他们的爸接着读《圣经》，他们继续学习《教义问答手册》。

“后来，太阳落山，安息日结束了，他们的爸爸把他们领到外面的棚屋，给了每人一顿鞭子，先挨打的是詹姆斯，然后是乔治，最后是爷爷。”

“所以劳拉、玛丽，”爸说，“你们可能觉得做乖孩子很难，但是你们应该感到高兴，现在做乖孩子已经不像爷爷小时候那么难了。”

“那时候的小姑娘也要表现那么好吗？”劳拉问。

妈回答道：“小姑娘规矩更严，不光是星期天，平常每时每刻都要表现得像小淑女一样。那时候的小姑娘可不能像男孩子那样滑雪下山，必须坐在家里做针线活儿。”

“好了，现在让妈带你们上床睡觉吧。”爸说着从匣子里取出了他的小提琴。

劳拉和玛丽躺在她们带轮子的小矮床上，听着星期天的赞美诗，因为星期天也不能拉平常的歌曲。

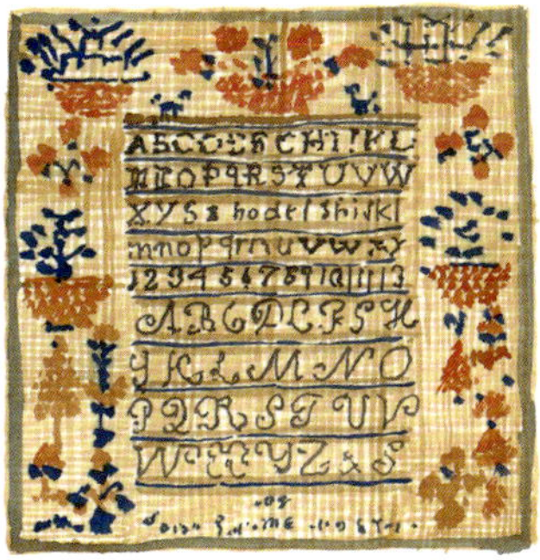

“顽固的磐石，请为我打开。”爸拉琴唱道。接着他又唱：

愿我被送入天国，
悠悠然一片繁花，
看别人争权夺利，
在血泊中苦苦挣扎。

歌声中，劳拉迷迷糊糊地进入了梦乡。不知过了多久，她突然听见咔哒哒的声音，原来是妈在炉子边做早饭。星期一早晨到了，要过上整整一个星期，星期天才会再次到来。

那天早晨，爸进屋吃早饭的时候，一把抓住劳拉，说要好好地打她一顿屁股。

因为今天是劳拉的生日，爸说只有打她一顿屁股，她才能好好地长大。接着爸便打起了劳拉的屁股，爸的动作那么小心，那么温柔，劳拉一点儿也不觉得疼。

“一下、两下、三下、四下、五下、六下。”他慢慢地

边打边数。打一下算一岁，最后用力地拍一下，算是来年的岁数。

爸送给劳拉一个木头小人儿，是他用树枝削成的，可以给夏洛特做伴。妈送给劳拉五块小蛋糕，每一块都代表劳拉跟爸妈一起生活的年头。玛丽送给劳拉的夏洛特一件崭新的小衣服。衣服是玛丽自己做的，做衣服的时候劳拉还以为她要缝一条床单呢。

那天晚上，为了庆祝劳拉的生日，爸专门为她拉了一曲《砰！追鼹鼠》。

爸拉琴时，让劳拉和玛丽紧靠在他的膝头。“仔细看好了，”他说，“看好了，说不定你们这次能看到鼹鼠蹦出来呢。”然后他唱道：

一分钱买线，
一分钱买针，
钱就这样被花掉——

劳拉和玛丽探着身子盯着看，她们知道关键时刻到了。

砰！（爸用手指拨动琴弦。）

追鼹鼠！（是小提琴发出的声音，千真万确。）

可是劳拉和玛丽并没有看见爸的手指是怎样拨动琴弦的。

“哦，求求你，再来一遍，再来一遍吧！”她们央求道。爸的蓝眼睛在笑，他继续拉琴唱道：

绕着鞋匠的板凳，
猴子追着鼹鼠跑，
神父给了鞋匠妻子一个吻——
砰！追鼹鼠！

这次她们又没有看见爸手指的动作。他太快了，她们怎么也看不清。

于是她们笑哈哈地爬上床，躺在那里听爸拉着提琴唱歌：

从前有个老黑人，
名字叫作南大伯。
他很久以前就死了，
脑袋顶上光溜溜，
一根头发也没有。

他的手指那么长，
像林子里的长藤条。
他老眼昏花看不清，
牙齿咬不动玉米饼，
看着饼子干着急。

哦，挂起铲子和锄头，
放下提琴和琴弓，
南大伯不用再干活儿，
他有了一个好归宿。

爷爷的爸爸
爷爷的妈妈
小时候的爷爷
乔治
詹姆斯
奶奶
爸爸查尔斯
妈妈卡罗琳
玛丽
劳拉
卡瑞

第六章

两头大熊

一天，爸说春天快要到了。

大森林里的雪开始融化。树枝上的积雪掉下来，把下面正变得柔软的雪地砸出一个个小洞眼。中午时分，小木屋屋檐下的大冰柱在阳光下一闪一闪地放着光芒，冰柱尖尖上挂着颤巍巍的水滴。

爸说他必须到镇上一趟，把冬天制成的野兽皮子卖掉。于是，一天傍晚，爸把皮子打成了一个大包。这么一大堆皮子紧紧实实地捆起来，差不多跟爸的块头一样大。

一天早晨，天刚亮，爸就把那包野兽皮子扛在肩上，出门朝镇上走去。要背的皮子太多了，爸没法带上他的枪。

妈很担心，但是爸说，太阳出来前就动身，白天快些赶路，应该能在天黑前回到家。

即使是最近的小镇也离得很远。劳拉和玛丽从没见过小镇，也从没见过商店。她们甚至从没见过两座靠在一起的房子。但她们知道，在小镇上有许多房子，还有一家商店，商店里满是糖果、白棉布和其他各种美妙的东西——面粉、

酒、盐，还有糖。

她们知道爸会把皮子拿到商店老板那里，换回镇上的漂亮东西，因此一整天都在盼着爸给她们带礼物回来。当太阳落到了树梢，冰柱不再滴水时，她们盼望爸回来的心情也变得更加焦急了。

太阳落山了，林子里变得黑黢黢的，爸还没有回来。妈把晚饭端上了桌子，爸还是没有回来。到了干晚活儿的时间，爸仍然没有回来。

晚上，妈要去挤牛奶，让劳拉提着灯陪她一起去。

于是，劳拉穿上大衣，妈给她扣上纽扣。劳拉戴上那双红手套，把连着手套的红色棉线绳挂在脖子上。妈点亮了提灯里的蜡烛。

能帮妈挤牛奶，劳拉感到很骄傲。她小心翼翼地提着灯，灯壁是铁皮做的，上面挖了几个洞眼，好让烛光透出来。劳拉跟在妈后面，顺着小路朝牲口棚走去，星星点点的烛光在周围的雪地上跳跃。天还没有完全黑透，但树林子看

上去一片漆黑，积雪覆盖的小路上泛着青光，天上有几颗星星若隐若现。不过，星星看上去远不像提灯里的点点烛光那样温暖和明亮。

劳拉看到褐色母牛苏其黑乎乎的身影站在牲口棚的院子门口，大吃了一惊。妈也感到很意外。

春天刚刚到来，还不能把苏其放到大森林里去吃草。它平日就待在牲口棚里，但有时候天气暖和，爸会开着牲口棚的门，让它到院子里走走。此刻，妈和劳拉看见它已经站在栅栏后面等着她们了。

妈走到门边，想把栅栏门推开，可是只推开一点儿就推不动了，因为苏其站在那里挡着。妈说："苏其，让开！"说着，她从门上伸过手去，拍了拍苏其的背。

就在这时，提灯里跳动的烛光照在栅栏和门之间，劳拉看见了一大簇黑油油、乱蓬蓬的长毛，还有两只小眼睛里射出的光芒。

苏其的皮毛是褐色的，又细又短。苏其的眼睛又大又温柔。

妈连忙说："劳拉，赶紧回屋子里去。"

劳拉转身朝家里走去，妈也跟了上来。刚走到一半，妈就把劳拉连同提灯一起抱起来，拔腿就跑，一口气跑回屋子，砰的一声把门重重地关上了。

这时劳拉才敢问：“妈，那是熊吗？”

“是的，劳拉，”妈说，“是一头熊。”

劳拉吓得大哭。她紧紧抱住妈，抽抽嗒嗒地说：“噢，它会把苏其吃掉吗？”

“不会，”妈搂紧劳拉，“苏其在牲口棚里很安全。你想啊劳拉，牲口棚的栅栏都是那么粗的大木头，门又厚又结实，这些都是专门用来防熊的。没错，熊不可能进去吃掉苏其。”

劳拉这才觉得好受了些。“它差点儿就伤害到我们了，是吗？”她问。

“它没有伤到我们，”妈说，“你是个好孩子，劳拉，我说什么你马上就照做，别问为什么。”

妈的身子在发抖，然后她轻声笑了起来。“想想吧，”她说，“我竟然扇了熊一巴掌！”

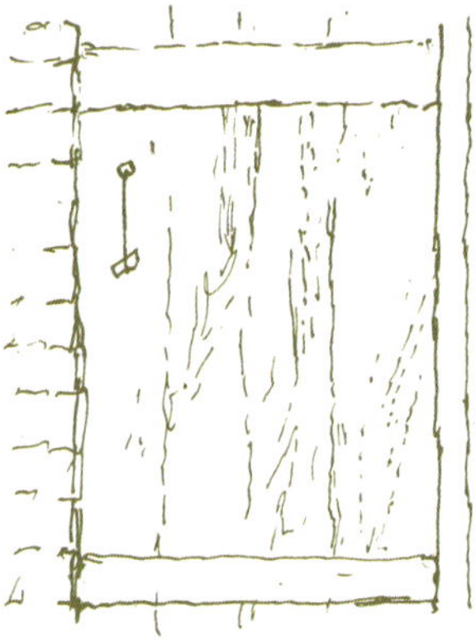

妈把晚饭端上桌给劳拉和玛丽吃的时候，爸还没有回来。吃完饭，劳拉和玛丽脱了衣服，说完祷词，钻进了小矮床的被窝，爸还是没有回来。

妈坐在油灯旁缝补爸的一件衬衫。爸不在家，屋里显得怪怪的，冷冷清清，没有一点儿生气。

劳拉听着大森林里的风声。风围着房子哀哀哭泣，似乎在寒冷的黑夜里迷了路。风声听起来可真吓人。

妈缝好了衬衫。劳拉看见她把衬衫慢慢地、仔仔细细地叠好，用手轻轻抚摸着。然后妈做了一件以前从没做过的事：她走到门边，把那根皮的拴锁带从门上的洞眼里拽了进来，这样，除非她拉开门闩，不然别人是不可能从外面进来的。妈走到大床边，把睡得沉沉的卡瑞抱了起来。

妈看见劳拉和玛丽还没睡着，就对她们说："睡吧，孩子们。没事的，爸明天早晨就回来了。"

然后，妈又走回摇椅坐下，怀里抱着小宝宝卡瑞，轻轻地摇着。

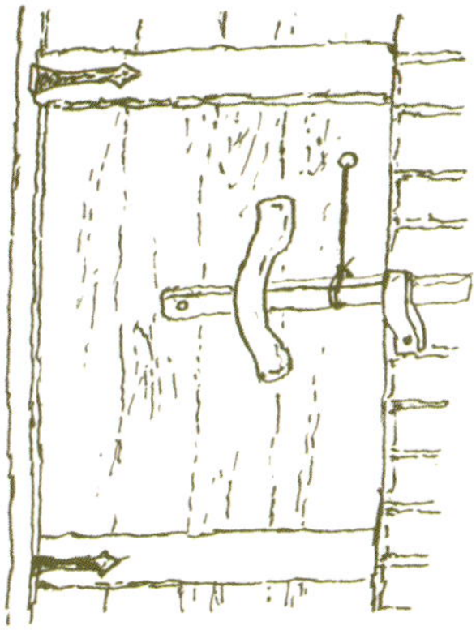

妈在摇椅上坐到很晚，一直等爸回来，劳拉和玛丽也想醒着等爸，但最后还是迷迷糊糊地睡着了。

早上她俩醒来时，爸已经在家了。他给劳拉和玛丽带回了糖果，还有两块漂亮的棉布，好给她们每人做件衣服。玛丽的棉布是白底子上印着中国蓝图案，劳拉的棉布是暗红底子上印着金褐色小圆点。妈也有一块做衣服的布料，褐色的底上印满了大大的羽毛般的白色图案。

她们都很高兴，因为爸把皮子卖出了好价钱，又给她们买了这样漂亮的礼物。

牲口棚周围都是那头大熊的脚印，墙上也留下了它的爪痕，但牲口棚里的苏其和马匹都安然无恙。

整个那一天，阳光灿烂，积雪不断融化，冰柱滴滴答答地淌水，变得越来越细。太阳快落山的时候，湿漉漉的雪地上已经看不清熊的脚印了。

吃过晚饭后，爸把劳拉和玛丽抱在腿上，说要讲一个新的故事给她们听。

爸在路上遇到熊的故事

“昨天我带着皮子到小镇去，一路上都是软软的雪地，很难走。我花了很长时间才走到小镇，其他卖皮子的人早已经在那里做买卖了。商店老板忙得很，我只好等他腾出空来看我的皮子。

“然后，我们每块皮子都要谈价钱，我还要挑选我想换的东西。所以我动身回家时，太阳已经快要落山了。

“我想快些赶路，可是路很难走，而且我也累了，没走多远，天就黑了。我独自一人在大森林里，身上又没有带枪。

“离家还有六英里[1]，我加快脚步使劲走。眼见天越来越黑，我真后悔没有带枪，因为我知道有些熊已经从冬眠的窝里出来了。我早上到镇上去时，就看见过它们的脚印。

“每年这个时候，熊都很饥饿、烦躁，你们知道，它们

1　1英里约等于1.6千米。——编者注

在窝里不吃不喝地睡了整整一个冬天，所以醒来时饥肠辘辘，情绪很暴躁。我可不想这时候碰上一头熊。

“我摸黑在小路上拼命赶路。偶尔，星星会洒下一点儿微光，但只能在林中空地看到光亮，林子密的地方仍然一片漆黑。一条被积雪覆盖的小路在前面延伸，周围都是黑黢黢的树。后来走到一片空地时，我看到了朦朦胧胧的星光，高兴极了！

“我一直把眼睛睁得大大的，看有没有熊的影子。我竖起耳朵，听有没有熊在林子里走动的声音。

“不一会儿，我又走到一处林中空地，突然看见小路中央站着一头大黑熊。它用两条后腿站着，直瞪着我看。我看见它的眼睛闪闪发亮，嘴巴像猪一样向前凸着。借着星光，我甚至还看见了它的爪子。

“我的头皮一阵发麻，头发一根根竖了起来。我停住脚步，一动不动地站在原地。大黑熊没有动弹，就站在那里看着我。

“我知道我不可能绕过它。它会在漆黑的树林里一直跟着我，黑暗中它的眼神比我好。我可不想摸黑跟一头冬眠饿狠了的大熊搏斗。唉，真后悔没有带上枪！

“可是要回家就必须经过那头熊身边。我想，如果吓唬它一下，说不定它就会退到路边，让我过去。于是，我深吸一口气，猛地鼓起浑身力气大声喊叫，挥着双臂向熊冲去。

“大黑熊没有动弹。

“实际上，我并没有冲过去多远。我停住脚，看着它，它还是一动不动地站在那里看着我。我又大叫了一声，它还是站在那里。我不停地喊，没命地挥舞着双臂，可它就是一动不动。

“唉，当时就算我逃跑也不见得安全，毕竟林子里还有别的熊呢，我随时都有可能遇到一头。所以我还不如就对付这头呢。而且，我还要回家来见你们。如果我在林子里见了什么可怕的东西就逃跑，那么我就永远回不了家了。

“最后，我转过身，捡起一根结实的大木棍，那是一根被冬天的积雪压断的树枝。

“我用双手举起木棍，径直朝黑熊冲去。我抡起木棍，使出吃奶的力气打了下去，砰！正打中大黑熊的脑袋。

“它还是一动不动地站着。我定睛一看，原来它只是一段又黑又粗的烧焦了的树桩子！

“其实我昨天早上到镇上去的时候，就是从它旁边经过

的。它根本不是什么熊，是我把它想成了一头熊，因为我一直在想熊的事，生怕自己会碰到熊。”

“它真的不是一头熊吗？”玛丽问。

“不是，玛丽，真的不是。没想到我一个人在大森林里大喊大叫，挥着胳膊上蹿下跳，只是为了吓唬一段大树桩啊！”

劳拉说：“我们碰到的可是一头真熊呢，但我们没有害怕，因为我们以为它是苏其。”

爸什么也没说，只是把她搂得更紧了。

“哎哟！那头熊差点儿把妈和我吃掉了！”劳拉说着又往爸身上偎了偎，“可是妈径直走到它跟前，给了它一巴掌，结果它什么反应也没有。它为什么没反应呢？”

“我猜，它是因为太惊讶了，劳拉，”爸说，“我猜，提灯照着它的眼睛，把它给吓坏了。还有，妈走到它跟前给了它一巴掌，它知道妈不害怕。”

“嗯，你也很勇敢呢，”劳拉说，“虽然那只是段树桩，但你以为是一头熊。如果真是一头熊，你就已经用棍子打中

了它的头，是不是，爸？”

“是啊，”爸说，“是这样。你知道，我不得不那么做。”

这时，妈说该睡觉了。她帮劳拉和玛丽脱了衣服，给她们扣上红色绒布睡衣的纽扣。她们跪在小矮床旁做祈祷：

现在我躺下睡觉，
请主守护我的灵魂；
如果我醒来之前死去，
请主带我灵魂同行。

妈吻了她们俩，帮她们掖好被子。她们躺在那里，看着妈柔顺的中分的头发。妈正在灯下忙着做针线，缝衣针碰到她的顶针，发出轻轻的叮叮声，然后呼的一声，线扯过了爸用皮子换来的漂亮棉布。

劳拉又看看爸，他正在给靴子上油。灯光映照下，爸的头发和褐色胡子看上去那么有光泽，他那件格子上衣的颜色

那么鲜亮。他一边干活儿，一边快乐地吹着口哨，还唱道：

清晨的小鸟在唱歌，
桃金娘和常春藤正盛开，
初升的阳光照山谷，
我把她埋葬在坟墓。

这是一个温暖的夜晚。炉膛里的木头烧成了炭，爸没有再把火生旺。在小木屋周围的大森林里，可以听见积雪扑簌簌掉落的声音，还有屋檐下冰柱融化的滴水声。

过不了多久，树上就会绽出新的小嫩芽，粉嘟嘟的、黄艳艳的、绿生生的，大森林里会开满野花，小鸟儿处处叽叽喳喳。

到那时，晚上在炉火前听故事的日子就结束了，劳拉和玛丽可以整天在树丛里奔跑、玩耍，因为春天到了。

第七章 糖雪

连续许多天都阳光灿烂，天气暖和了起来。清晨，窗户上不再结霜花了。白天，屋檐下的冰柱一根接一根地掉下来，啪啪地摔碎在雪地上。树木抖动着黑乎乎、湿漉漉的树枝，树上的积雪纷纷落下。

玛丽和劳拉把鼻子贴在冰冷的窗玻璃上，看见水滴滴答答地从屋檐落下来，还看见外面一丛丛光秃秃的树枝。雪不再晶莹闪亮，看上去软塌塌的，一副疲倦的样子。树下，雪掉落的地方形成一个个小坑，小路旁的积雪越来越薄，越来越少。

有一天，劳拉看见院子里露出了一块空地。白天，空地一直在逐渐扩大；天黑前，整个院子都能见到光裸的泥巴地了。只有小路上还结着冰，小路边、栅栏边和柴堆边的积雪还没有化尽。

“难道还不可以出去玩吗，妈？”劳拉问。

妈说：“劳拉，你应该说‘请问我可以到外面去玩吗？’”

“请问我可以到外面去玩吗？”劳拉又问。

“明天可以。”妈答应说。

那天半夜，劳拉醒来，冷得浑身哆嗦。她觉得盖的被子很薄，她的鼻子冷冰冰的。妈正在给她加一条被子。

“跟玛丽紧紧地挨着，”妈轻声说，“这样就会暖和些。”

早晨，炉火把家里烤得暖融融的，劳拉朝窗外望去，看见地上覆盖着一层厚厚的、松松软软的白雪。每一根树枝上都堆着羽毛般的雪，栅栏顶上也白了一大片，门柱上顶着白皑皑的大球。

爸从外面进来了，他抖掉肩膀上

松软的雪花，跺掉靴子上的积雪。

“这是糖雪。”他说。

劳拉赶紧用舌头去舔爸袖子褶缝里的一点儿白雪，雪花凉冰冰的，什么滋味也没有，跟别的雪没什么两样。她庆幸没有人看见她尝雪。

“为什么是糖雪呢，爸？”劳拉问，但爸说现在没有时间解释，他必须赶紧动身到爷爷家去。

爷爷住在大森林里很远的地方，那里的树更多、更密、更高大。

劳拉站在窗前，注视着爸魁梧高大的身影在雪地上敏捷地走远。爸肩头扛着枪，身上挂着斧子和装火药的牛角，长筒靴在松软的雪地上留下大大的脚印。劳拉一直望着爸的背影，直到他消失在森林里。

那天晚上，爸很晚才回来。他进屋时，妈已经把油灯点亮了。爸的一只胳膊下夹着一个大包裹，一只手里拎着一

只加盖子的大木桶。

“给，卡罗琳。”爸把包裹和木桶递给妈，然后把枪架在门上方的钩子上。

“要是刚才回来路上遇到一头熊，我得把这些东西全扔掉才能腾出手开枪打它。”他说着大笑了起来，“如果我真的把包裹和木桶扔掉，也就用不着开枪打熊了——我可以站在那里看熊把里面的东西吃掉。”

妈打开包裹，里面是两个硬邦邦的黑饼子，每个都有牛奶盆那么大。妈揭开木桶的盖子，里面是满满一桶深褐色的糖浆。

“给，劳拉，玛丽。”爸从口袋里掏出两个小圆纸包递给她们。

她们打开纸包，每个纸包里面都是一块硬邦邦的小黑饼子，边缘有一圈漂亮的波浪形花纹。

“快咬一口尝尝。”爸的一双蓝眼睛眯成了缝。她们每

人咬下一块小黑饼的边缘，味道很甜，嚼起来脆脆的，甚至比圣诞节的糖果还好吃呢。

“这是枫浆糖。”爸说。

晚饭做好了，劳拉和玛丽把小小的枫糖饼子放在自己的盘子里，美滋滋地吃着抹了枫树糖浆的面包。

吃过晚饭，爸把她们抱在腿上，坐在炉火前，跟她们讲白天去爷爷家的经过和糖雪的事。

“整个冬天，爷爷都在做木桶和小木槽。木桶和小木槽是用雪松木和白蜡木做的，这些木头不会让枫树糖浆变味儿。

“做小木槽时，要先劈出我手掌这么长、两根手指这么宽的小木棍。爷爷把木棍横切，切到一半的时候再竖切。这样，木条就变成一头扁一头圆的了。然后，他用钻头在圆的那端竖着钻一个洞眼，再用刀子把洞眼周围削得只剩薄薄一圈。他又用刀子把木棍扁的部分掏空，形成一个小木槽。

“他做了几十个这样的小木槽，又做了十个新木桶。一

切就绪，只等第一个温暖的春日，树里的浆液开始涌动生机。

“然后他就走进枫树林，用钻子在每棵枫树上钻一个洞眼，把小木槽有圆洞的那头砸进洞眼，再把雪松木桶放在扁的那端下面。

“你们知道，浆液就是树的血液。春季天气转暖的时候，它就从树根涌上来，一直涌到每一根枝枝丫丫的尖尖上，让绿叶长出来。

“枫树的浆液涌到树上的那个洞眼时，就会从树里流出来，顺着小木槽流进木桶里。”

“哦，那可怜的树会不会疼呀？”劳拉问。

“不怎么疼，就像你的手指扎破了流了一点点血一样。”爸说。

“每天，爷爷都会穿上靴子和厚大衣，戴上羊皮帽子，走进被积雪覆盖的树林去收集浆液。他用雪橇拉着一个大桶，从一棵树走到另一棵树，把木桶里的浆液倒进大桶。然后他

把大桶拖到一口大铁锅那儿，锅用铁链拴在两棵树之间的横木上。

“爷爷把大桶里的浆液全倒进铁锅。铁锅下面生着一堆旺火，浆液就在锅里熬煮，爷爷在一旁仔细地看守着。火必须够大，让浆液保持沸腾，但又不能过大，不然就熬焦了。

“每过几分钟，就必须撇去浆液里的浮沫。爷爷用的是一个椴木做的长柄大木勺。浆液太热了，爷爷会一勺勺舀起，举得高高的，再慢慢倒回去。这样可以给浆液降温，免得它沸腾得太快。

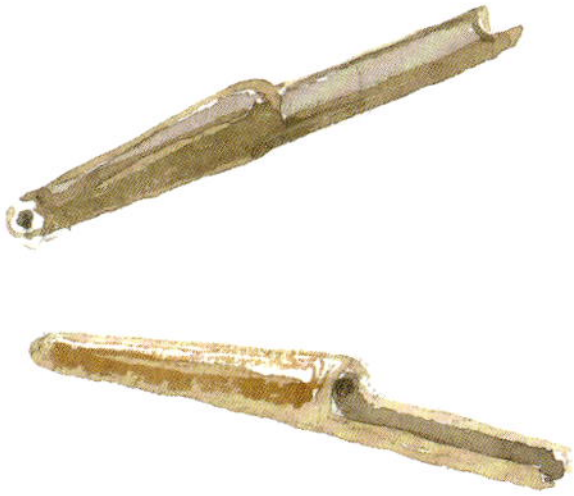

“等浆液熬得稠稠的了，爷爷就把它倒进几个木桶。然后他继续熬，直到锅里的浆液盛在托盘里冷却后能变成颗粒为止。

“浆液一变成颗粒，爷爷就以最快的速度把黏稠的糖浆舀进旁边的牛奶桶里，糖浆在桶里就变成了硬硬的、棕褐色的枫浆糖。”

“怪不得这场雪叫糖雪呢，因为爷爷在做糖，是吗？”劳拉问。

“不是，”爸说，“之所以叫糖雪，是因为每年这个时候下一场雪，就意味着能做更多的糖。你看，突然下一

场雪，来一个倒春寒，可以让树叶慢些生长，浆液也就能多流淌一段时间。

“浆液流淌的时间长一些，爷爷就能做够吃一年的枫浆糖。这样他把皮子拿到镇上，就不用换那么多糖了，只要换一点儿够招待客人的就行了。”

“下了糖雪，爷爷肯定很高兴吧？”劳拉问。

“是啊，”爸说，“爷爷很高兴。他下个星期一还要熬糖，还说让我们一定都去。”

爸的蓝眼睛闪闪发亮，他总是把最好的消息留到最后。他对妈说：“喂，卡罗琳！到时候还有舞会呢！”

妈看上去非常开心，她暂时放下了手里的针线活儿，笑着说：“哦，太好了，查尔斯！”

然后妈继续低头做针线，但脸上一直笑眯眯的。她说：

“到时我要穿我的细布裙子。”

妈有一条漂亮的细布裙子，是深绿色的，上面缀满了一个个小图案，像是熟透了的草莓。裙子是妈在东部老家的时候让一个裁缝做的，后来妈嫁给了爸，就搬到了西部威斯康星的大森林里。妈在跟爸结婚以前很时髦，专门有个裁缝给她做衣服。

她把那条细布裙子用纸包着收起来了。劳拉和玛丽从没见妈穿过，但妈拿出来给她们看过一次。妈让她们摸了摸裙子前面漂亮的深红色纽扣，还让她们看接缝处的鲸鱼骨缝得多么精致，竟然有几百个十字交叉的细密的小针脚。

妈要穿漂亮的细布裙子，可见这场舞会有多么重要了。劳拉和玛丽非常兴奋，她们在爸的腿上坐得直挺挺的，问了许多关于舞会的问题，最后爸说："好了，你们两个小姑娘快上床睡觉吧！到时候亲眼看看，就知道舞会是什么样了。我

要给我的小提琴换一根新的琴弦。”

睡觉前，劳拉和玛丽要把黏糊糊的手指和甜滋滋的嘴巴洗干净，还要念祷词。当劳拉和玛丽舒舒服服地睡在小矮床上时，爸的歌声和琴声都响了起来。爸一边用脚在地板上打着拍子，一边唱：

我是骑兵队长金克斯，
用玉米大豆喂战马，
我经常把钱全花光。
我是骑兵队的大队长，
我是带兵打仗的大队长！

第八章

爷爷家的舞会

星期一早晨，每个人都起得很早，匆匆忙忙地准备着去爷爷家做客。爸想去帮爷爷收集树木浆液、熬煮糖浆。妈要帮奶奶和姑姑们做一大堆好吃的，招待前来参加舞会的客人们。

全家人在灯光下吃了早饭，洗了碗，收拾好了床铺。爸把小提琴仔细地收在匣子里，放进已经等在门口的大雪橇上。

天气十分阴冷，他们出发时，天

还灰蒙蒙的。劳拉、玛丽、妈和小宝宝卡瑞坐在铺着稻草的雪橇上，身上盖着大衣，温暖又舒适。

马抖动着脑袋，举起前蹄撒着欢腾跃，雪橇的铃铛发出快乐的叮叮声。他们顺着小路，在大森林里穿行，朝爷爷家驶去。

路上的雪又湿又滑，雪橇滑得很快，两旁的大树飞一般向后掠去。

过了一会儿，阳光洒进树林，空气变得晶莹透亮起来。树干之间横着一道道长长的、橙黄色的光柱，雪被染成了淡淡的粉红色。雪堆上的每个弯坡、雪地上的每道辙印都有一个影子，而所有的影子都变得细溜溜的、蓝莹莹的。

爸把路旁雪地上野兽的足迹指给劳拉看：棉尾兔蹦跳的脚印、田鼠细小的爪印，以及雪鸟的羽毛掠过的痕迹。雪地上还有一些大脚印，像狗的脚印一样，爸说那是狐狸留下的。此外，还有一只鹿跳进树林时留下的蹄印。

天气已经变得暖和了，爸说积雪很快就会融化。似乎没过多久，他们

就滑到了爷爷家所在的那片空地上，雪橇上所有的铃铛叮叮地响成一片。奶奶站在门口，笑眯眯地招呼他们进去。

奶奶说，爷爷和乔治叔叔已经去枫树林里干活儿了。于是，爸也赶过去帮他们，劳拉、玛丽，还有抱着小宝宝卡瑞的妈走进奶奶家，脱掉了身上裹得厚厚的外套。

劳拉很喜欢奶奶家。这里比她们自己家大得多，有一间很大的主屋，一间乔治叔叔住的小屋，另外一间小屋是多西娅姑姑和露比姑姑住的。还有

厨房，炉子很大。

主屋的一头是大壁炉，另一头的窗户下是奶奶的床，从大屋子的这一头跑到那一头可好玩了。地板是厚厚的大木板，是爷爷用斧子把原木劈成一块一块做的，非常光滑，被擦洗得洁净发白。窗户下的大床上铺着柔软的羽绒被。

劳拉和玛丽在大屋里玩耍，妈在厨房里给奶奶和姑姑们帮忙，白天似乎很快就过去了。男人们带了午饭到枫树林里，所以中午没有摆出杯盘刀叉，只吃了冷鹿肉三明治，喝了牛奶。奶奶为晚餐熬了玉米粥。

奶奶站在炉子旁，把黄灿灿的玉米粉撒进一锅放了盐的开水里。她一边撒玉米粉，一边用大木勺不停地搅拌，直到锅里全是金黄色的、冒着泡的黏稠糊糊。她把锅放在炉子后部，让它慢慢地熬。

玉米粥闻上去真香啊！整个屋子里都充满了好闻的气味：有厨房里的甜味和调料味，有壁炉里熊熊燃烧的山胡桃

木散发的焦香，还有桌上奶奶的针线篮旁边一个丁香果的清香。阳光透过明亮的窗玻璃照进来，每样东西都显得那么大，那么气派，那么干净。

吃晚饭的时候，爸和爷爷从树林里回来了。他们每人肩上都挑着一根爷爷做的木扁担，扁担下面被掏空了，架在肩膀上稳稳当当的。扁担两端都有一根带钩子的链条，每个钩子上都挂着一个大木桶，里面装满了热乎乎的枫树糖浆。

爸和爷爷把枫树糖浆从树林中的大锅里运了回来。他们用双手托住木桶，扁担的重量全压在他们的肩膀上。

奶奶腾出地方，在炉子上坐了一个硕大的铜锅。爸和爷爷把糖浆倒进铜锅。

铜锅真大啊，四个大木桶的糖浆全倒进去还绰绰有余。

不久，乔治叔叔拎着一小桶糖浆回来了，晚饭大家吃的是热乎乎的玉米粥就枫树糖浆。

乔治叔叔是从军队回家探亲的。他穿着钉有黄铜纽扣的蓝色军服，一双快乐的蓝眼睛显得炯炯有神。他身材魁梧，走起路来大摇大摆的。

吃玉米粥时，劳拉一直盯着乔治叔叔看，因为她听爸对妈说过，乔治叔叔的性子很野。

“乔治从战场回来之后，性子就很野了。”爸一边说一边摇着头，似乎很惋惜，但也无可奈何。乔治叔叔跑到军队里当敲鼓手时才十四岁。

劳拉以前从没见过性子很野的人。她也不知道自己是不是害怕乔治叔叔。

晚饭吃完了，乔治叔叔走到门外，吹起他的军号来，军号声悠长嘹亮，在大森林里传得很远很远。黑黢黢的森林

里一片寂静，树木一动不动地站着，似乎都在倾听。然后，从遥远的地方传来悦耳的回音，细微而清晰，似乎有一只小军号在回应大军号。

“你听，”乔治叔叔说，“是不是很好听？”劳拉看着他，什么也没说，后来乔治叔叔不再吹军号了，劳拉就跑进了屋子。

妈和奶奶把吃晚饭的盘子端走、洗净，打扫了壁炉前的地板，多西娅姑姑和露比姑姑在她们的房间里梳妆打扮。

劳拉坐在姑姑的床上，看着她们梳理长长的秀发。姑姑们小心翼翼地把头发分开，先把头发从额头一直分到脖颈后面，再横着从两耳之间分开，把秀发编成长长的辫子，接着细心地把辫子盘成大大的发髻。

她们已经在厨房板凳上的脸盆里，用肥皂把手和脸都洗得干干净净了。她们用的是从商店里买回来的肥皂，而不是奶奶放在大罐子里、家里平常用的那种软绵绵、黏糊糊的

深褐色肥皂。

姑姑们花了很长时间打理前额的刘海。她们举着灯，对着挂在木墙上的小镜子打量自己的头发。她们把那道白白的、直直的发缝两边的头发梳得那么柔顺，灯光照上去像绸缎一样滑亮亮的。两边的蓬松发卷也闪烁着光泽，发梢整整齐齐的，在后面盘成一个大发髻。

梳好头发后，姑姑们穿上漂亮的白色长袜，长袜上有她们用棉线织成的带花边的网眼图案。然后，她们穿上了自己最好的鞋子。姑姑们还互相帮对方穿紧身胸衣。多西娅姑姑用全身的力气拉着露比姑姑紧身胸衣的带子，露比姑姑帮多西娅穿紧身胸衣时，多西娅姑姑紧紧地抓住床脚。

“拉呀，露比，使劲拉！”多西娅姑姑气喘吁吁地说，“再使劲拉！”露比姑姑站稳脚跟，更加使劲地拉。多西娅姑姑不停地用双手比画自己的腰，最后上气不接下气地说：“我想我的腰也只能收到这个程度了。”

多西娅姑姑接着说：“听卡罗琳说，当年他们结婚时，查尔斯能用双手掐住她的腰。”

卡罗琳就是劳拉的妈，劳拉听了这话，心里很得意。露比姑姑和多西娅姑姑穿上她们的绒布衬裙和棉布衬裙，再穿上她们浆得笔挺、裙边上绣着一圈花边的白色衬裙，最后穿上美丽的连衣裙。

多西娅姑姑的裙子是深蓝色的，上面布满了开红花、带绿叶的小枝子。束腰上衣的前面是一排黑漆漆的纽扣，看上去活像饱满多汁的大黑莓，劳拉真想亲口尝一尝。

露比姑姑的裙子是深红色棉布做的，上面印满了浅红色的羽毛图案。胸前的纽扣是金色的，每粒纽扣上都刻着一座小城堡和一棵树。

多西娅姑姑漂亮的白领子前面别着一枚硕大的宝石别针，上面是一个女士的头像。而露比姑姑的领子上别的是一朵蜡做的红玫瑰，这是露比姑姑自己做的，别针是用针眼已经坏掉、不能再用的缝衣针改的。

姑姑们穿着圆摆大裙子，轻盈地在地板上飘来飘去，看上去真美丽啊。她们小小的腰身那么纤细。在闪亮柔顺的头发下面，她们的面颊那么红润，眼睛那么明亮。

妈也很美丽，妈穿着那件深绿色的细布裙子，衣裙上点缀着草莓一样的小叶子。荷叶边，大裙摆，褶皱的地方用深绿色的丝带打着结，领口那儿别着一枚金色的胸针。胸针是扁扁的，有劳拉两根最长的手指那么宽，上面刻满了精细的花纹，边缘是圆齿状的。妈看上去那么尊贵、漂亮，劳拉都有点儿不敢碰她了。

客人们陆陆续续地来了。有些是

提着灯，从被积雪覆盖的林子里步行过来的；还有些是赶着雪橇和马车来的，雪橇的铃铛声一直不绝于耳。

大屋里挤满了高筒靴和沙沙作响的连衣裙，那么多小宝宝在奶奶的床上躺成了一长排。詹姆斯叔叔和丽碧婶婶也带着他们的小女儿来了，那小姑娘的名字也叫劳拉。两个劳拉靠在床边，打量着那些小宝宝。另一个劳拉说他们家的宝宝比小卡瑞漂亮。

“才不是呢！”劳拉不同意，“我们家卡瑞是世界上最漂亮的小宝宝。”

“不是。”另一个劳拉说。

“就是！”

“就不是！”

妈穿着华丽的细布裙子像一阵风一样飘了过来，严厉地说："劳拉！"

两个劳拉都不再吭声了。

乔治叔叔吹响了军号，乐声在大屋里那么响亮、悠扬。乔治叔叔一边吹号，一边说说笑笑地跳舞。然后，爸从匣子里拿出小提琴开始拉琴，客人们双双对对地拥到大屋中间，跳起舞来，爸在一旁大声提示舞步。

"向右转，再向左转！"爸大声说。于是所有的裙子都呼啦啦旋转了起来，所有的靴子都开始用力地跺着地板。他们转了一圈又一圈，所有的裙子都朝一个方向转，所有的靴子都朝另一个方向转，无数双手举在空中拍着巴掌。

“把你们的舞伴旋转起来！”爸喊道，“每位男士朝左边的女士鞠躬！”

他们都照爸说的做。劳拉注视着妈的裙子旋转、摇曳，妈的小细腰弯了下去，黑黑的脑袋在鞠躬。劳拉认为妈是世界上跳舞跳得最漂亮的人。小提琴在唱歌：

哦，水牛城的姑娘们，
今晚出不出来？
今晚出不出来？
今晚出不出来？
哦，水牛城的姑娘们，
今晚出不出来
在月光下跳舞？

小圆圈和大圆圈不停地转啊转，裙子在旋舞，靴子跺

得啪啪响，舞伴们互相鞠躬，然后分开，再相遇，再鞠躬。

奶奶一个人在厨房里，和着音乐的节拍搅拌着大铜锅里熬的糖浆。后门边放着一桶干净的雪，奶奶不时地从锅里舀起一勺糖浆，倒在盛着雪的盘子上。

劳拉又去看那些跳舞的人。此刻，爸拉的是《爱尔兰洗衣妇》。他大声喊道："舞起来，姑娘们，快快舞起来，迈稳了步子舞起来！"

劳拉的脚也忍不住开始痒痒了。乔治叔叔看着她，哈哈大笑。他温柔地拉着劳拉的手，在墙边跟她跳了一小段舞。劳拉好喜欢乔治叔叔。

每个人都在厨房门口大笑。原来他们正

把奶奶从厨房里拉出来。奶奶的裙子也很漂亮，深蓝色的棉布裙上散落着秋天的叶子。她笑得面颊绯红，不住摇晃着脑袋，手里还拿着那把木勺子。

“等等，我可不能撇下糖浆不管。”她说。

可是爸拉起了《阿肯色的旅行者》，大伙儿开始和着节拍拍起了巴掌。于是奶奶朝他们鞠了一躬，跳了几个舞步。她跳得不比任何一个人差。大家热烈的掌声差点儿把爸的琴声都淹没了。

突然，乔治叔叔做了一个双脚跳起、互击脚跟的舞步，在奶奶面前深鞠一躬，跳起了吉格舞。奶奶把勺子扔给别人，双手叉腰面向乔治叔叔，

大家都喊叫起来。奶奶跳起了吉格舞。

每个人都在鼓掌，劳拉也跟着音乐的节奏拍巴掌。小提琴的声音比过往任何时候都动听。奶奶的眼睛闪闪发亮，脸蛋儿红扑扑的，裙子下面的双脚踢得嗒嗒响，跟乔治叔叔靴子跺地一样快。

大伙儿都兴奋极了。乔治叔叔继续跳着吉格舞，奶奶也一直跳着吉格舞。小提琴没有停。乔治叔叔的呼吸变得粗重起来，他擦去额头上的汗。奶奶的眼睛亮晶晶的。

“你不是她的对手，乔治！”有人喊道。

乔治叔叔跳得更快了，速度比刚才快了一倍。奶奶也紧紧跟上。大伙儿又一阵喝彩。所有的女人都在大笑着鼓掌，所有的男人都在取笑乔治，他虽然不在乎，但已经上气不接下气，笑不出声了。他只管使劲跳着。

爸的蓝眼睛一闪一闪的，放射着光芒。他站了起来，看着乔治和奶奶，弓在琴弦上愉快地跳动着。劳拉跳上跳下，拍手尖叫。

奶奶跳吉格舞时双手叉腰，下巴抬起，面带微笑。乔治也不示弱，但靴子跺在地上的声音已经不像先前那么响了。奶奶的鞋跟还是那么欢快地咔嗒咔嗒碰响。一滴汗珠从乔治的额头滚下来，在他的面颊上闪闪发亮。

突然，他举起双臂，气喘吁吁地说：“我认输了！”便停住了舞步。

大伙儿都高声喝彩，跺着双脚为奶奶欢呼，声音震耳欲聋。奶奶又跳了一分钟，也停下了。她喘着气大笑，眼睛

像爸笑起来的时候一样闪闪发亮。乔治也笑着用袖子擦了擦额上的汗水。

突然，奶奶不笑了。她像想起了什么似的，转过身急急忙忙朝厨房跑去。本来，所有的女人都在叽叽喳喳地说话，所有的男人都在拿乔治开玩笑，可是，一看到奶奶那副焦急的样子，大家都不作声了。

不多时，奶奶走到厨房门口，说：“糖浆好了。大家快进来尝尝吧。”

大伙儿又开始说说笑笑了。他们匆匆奔到厨房去拿盘子，然后跑到屋外给盘子盛满了雪。厨房的门开着，冷风吹了进来。屋外，天空中的星星发出寒光，冷风吹着劳拉的面颊和鼻子，生疼生疼。她呼出的气像白雾一样。

她和另外那个劳拉，还有其他孩子，都用盘子舀了干净的雪，然后回到拥挤的厨房。

奶奶站在大铜锅旁，用大木勺把滚烫的糖浆浇在盛了

雪的盘子里。糖浆冷却下来，变成了软软的糖，糖浆冷得快，他们吃得也快。

他们可以敞开肚皮尽情吃，因为枫树糖浆对身体没有害处。锅里有的是糖浆，外面有的是雪。他们刚吃完一盘，就又端着盘子到外面盛雪，让奶奶再往上面浇糖浆。

他们大口地吃着软软的枫糖，又到放着南瓜馅饼、果仁馅饼、曲奇饼和蛋糕的长餐桌上拿东西吃。桌上还有自然发酵的面包、冷切猪肉和泡菜。啧啧，泡菜可真酸啊！

大家吃啊吃啊，一直吃到吃不下为止，然后就又开始跳舞。可是奶奶要看着锅里的糖浆。有好多次，她舀出一点儿糖浆倒进一个盘子里一圈圈地搅拌，然后她摇摇头，把糖浆又倒回锅里。

另一个房间里热闹非凡，又是琴声，又是跳舞声，简直都快把耳朵震聋了。

奶奶在搅拌糖浆时，终于发现盘子里的糖浆变成了沙子一样的细小颗粒，她喊道：“快来啊，姑娘们！结颗粒了！”

露比姑姑、多西娅姑姑和妈都撇下舞伴，跑了过来。她们把大大小小的盘子全摆了出来，奶奶飞快地往里面倒满糖浆，她们又飞快地摆出更多盘子。她们把盛满糖浆的盘子端走，让糖浆冷却成枫糖。

然后奶奶说：“好了，把小盘子拿给孩子们装糖浆吧。”

每个小男孩和小女孩都有个小盘子，就算没有小盘子也至少有一个破茶杯或小碟。他们眼巴巴地看着奶奶把糖浆舀出来。也许糖浆会不够分呢，那么就必须有人发扬风格，礼貌谦让了。

还好，糖浆正好够分。铜锅底里的那点儿正好盛满了最后一个小盘子。谁也没有被漏掉。

小提琴奏出的音乐伴着舞蹈一直在继续。劳拉和另一个劳拉站在一旁看大人们跳舞，后来她们干脆坐在墙角的地板上看。舞蹈太好看了，音乐太欢快了，劳拉知道她永远也看不厌、听不腻。

所有的漂亮裙子都旋转着飘过，所有的靴子都在跺响，小提琴一直在愉快地唱着歌。

劳拉醒来时，已经是第二天早晨了，她发现自己躺在奶奶那张床的床尾。妈、奶奶和小宝宝卡瑞都在床上。爸和爷爷裹着毯子睡在壁炉前的地板上。玛丽不见了，她跟多西

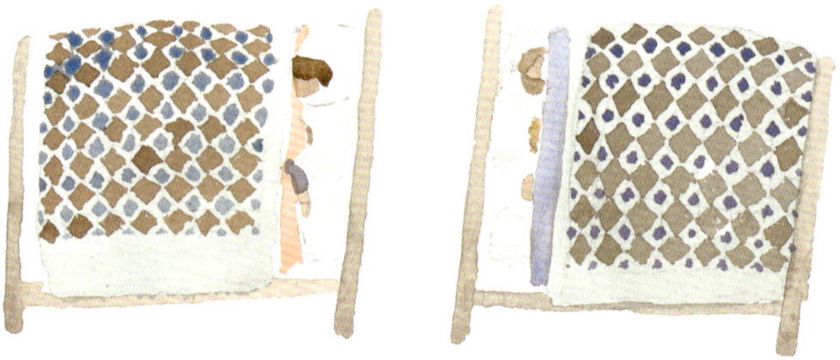

娅姑姑和露比姑姑一起睡在了她们的床上。

很快，大家都起床了。早饭是薄煎饼和枫树糖浆。吃过早饭后，爸把马和雪橇拉到门口。妈抱着卡瑞，爸把妈扶进雪橇里，爷爷抱起玛丽，乔治叔叔抱起劳拉，把她们放在雪橇里的稻草上。爸用大袍子把她们裹得严严实实，爷爷、奶奶和乔治叔叔站在门口大声告别：“再见了！再见了！”劳

拉一家乘着雪橇驶入大森林，向家驶去。

太阳暖洋洋的，马蹄嗒嗒响，踢起星星点点泥泞的雪花。劳拉看见雪橇后面留下了一串马蹄印，每个蹄印都深深陷进了薄雪下的泥地里。

“天黑之前，”爸说，“我们会看到最后一点儿糖雪。”

第九章

到小镇去

最后一场糖雪消失后，春天来了。弯弯的栅栏边，小鸟儿在绿叶新绽的榛树林里唱歌。小草又变绿了，树林里开满了野花。金凤花、紫罗兰、顶针花以及星星点点的草本小花，遍地都是。

天气一变暖，劳拉和玛丽就央求妈让她们光着脚丫出去玩。起初，妈只允许她们光着脚跑到外面柴堆那儿再回来。第二天，就能跑得更远一些，很快，她们的鞋子都擦上油收了起来，于是她们就可以整天光着脚跑来跑去了。

每天晚上，她们必须把脚洗干净才能上床。裙边下，她们的脚踝和脚丫都跟脸蛋一样，脏得发黑。

小木屋前的那两棵大橡树下有她们的游戏屋。玛丽的游戏屋在玛丽的那棵树下，劳拉的游戏屋在劳拉的那棵树下。柔软的草地是她们的绿地毯。碧绿的树叶是她们的屋顶，透过树叶能看见一片片蔚蓝的天空。

爸用韧性十足的树皮做了一个秋千，挂在劳拉那棵树

低处的一根大树枝上。这是劳拉的秋千，因为挂在她的树上，可是她必须表现得大方一点儿，玛丽想荡的时候也让她过来荡荡。

玛丽有一个裂缝的盘子可以玩，劳拉有一只缺了一个大口子的漂亮茶杯。布娃娃夏洛特和内蒂，还有爸做的那两个木头小人儿，一起住在游戏屋里。劳拉和玛丽每天都用树叶给夏洛特和内蒂做新帽子，还用树叶做小茶杯和小盘子，放在桌上。桌子就是一块光滑平整的大石头。

母牛苏其和罗西被放进树林去吃野草和嫩绿的新树叶。牲口棚里还有两只小牛犊，猪圈里的老母猪带着

七只小猪崽。

在去年开出来的那片空地上，爸正绕着树桩犁地、播种。一天晚上，爸干完活儿回来，对劳拉说：“你猜我今天看见什么了？”

劳拉猜不出来。

“嘿，”爸说，“我今天早晨在空地上干活儿的时候，一抬头，看见树林子边缘站着一只鹿。是只母鹿，已经做妈妈了，你怎么也猜不到它身边还有谁！”

“一只小鹿宝宝！”劳拉和玛丽一起拍着手猜道。

“对了，”爸说，“母鹿带着它的小鹿宝宝。真是个漂亮的小东西，软软的浅黄色的毛，一双大大的黑眼睛。它的脚小极了，比我的拇指大不了多少，小腿细细

的，鼻子特别柔软。它站在那里，用那双温柔的大眼睛望着我，猜我是谁。它一点儿不知道害怕。”

“你不会朝一只小鹿宝宝开枪的，是不是，爸？”劳拉说。

“当然不会！”爸回答，“也不会朝它的爸妈开枪。现在我已经不打猎了，等小动物都长大了再说吧。秋天以前，我们就不吃新鲜肉了。”

爸说等他把种子都播完后，全家就到镇上去。劳拉和玛丽也可以去，因为她们已经是大孩子了。

她们非常兴奋，第二天就开始玩到小镇去的游戏。她们还没太想好这个游戏该怎么玩，因为她们并不清楚小镇到底是什么样子。她们知道镇上有一家商店，可是从来也没亲眼见过。

从那以后，布娃娃夏洛特和内蒂也似乎每天都在问能不能带它们到小镇去。劳拉和玛丽每次都说：“不能，亲爱

的，今年你们不能去。如果表现得好，也许明年可以让你们去。”

终于，有一天晚上，爸说：“我们明天到镇上去。”

那天晚上，虽然还不到周六，妈也给劳拉和玛丽洗了澡，把散下来的头发梳上去。妈把她们的长头发分成一股一股的，用梳子蘸上水把每一股都梳通了，再用布片紧紧地包起来。睡觉的时候，不管她们怎么躺，都感觉头上有一个个鼓鼓囊囊的小疙瘩。不过到了早晨，散下头发就会有一个个可爱的小波浪。

她们太兴奋了，躺在床上怎么也合不上眼。妈没有像往常一样坐在椅子上做针线活儿。她忙着准备早餐，忙着拿出她最好的长筒袜、衬裙、连衣裙和她那条带紫色小花的深褐色印花布裙，还有爸那件最好的衬衫。

白天越来越长了。早晨，他们还没吃完早饭，妈就把灯吹灭了。这是一个美丽、晴朗的春日早晨。

妈催促劳拉和玛丽赶紧吃完早饭，饭后她三下五除二地洗干净了盘子。妈收拾床铺时，劳拉和玛丽穿上长筒袜和鞋子。妈帮她们穿上了各自最好的裙子——玛丽的中国蓝细布裙子、劳拉的深红色细布裙子。玛丽给劳拉扣上背后的纽扣，然后妈帮玛丽扣上纽扣。

妈取下她们头发上的布条，把长长的鬈发梳通，垂落在她们的肩头。妈梳得太快了，梳到打结的地方扯得头皮疼得要命。玛丽的头发是灿烂的金黄色，劳拉的头发却是土褐色的。

鬈发梳好了，妈把太阳帽的带子系在她们的下巴下。她用那枚金别针别住自己的领子，爸把车赶到门口时，妈也戴好了帽子。

爸把马的毛梳得油光发亮，把车厢里打扫得干干净净，还在座位上放了一条干净的毯子。妈抱着小宝宝卡瑞跟爸并排坐在座位上，劳拉和玛丽坐在马车车厢的横板上。

马车穿行在春天的树林里，一家人的心情非常愉快。卡瑞又蹦又跳，放声大笑；妈的脸上也笑眯眯的，爸一边赶马车一边吹口哨。阳光洒在路上，那么明亮，那么温暖。新叶绽放的树林里飘来一阵阵清新的香味。

前面的路上站着几只野兔，耷拉着小小的前爪，小鼻子一耸一耸地嗅着，阳光照着它们抽动的长耳朵。忽然，短短的白尾巴一闪，它们匆匆跳开了。劳拉和玛丽两次看见鹿在树丛间的阴影中，用大大的黑眼睛看着她们。

到小镇要走七英里。小镇名叫丕平，在丕平湖的岸边。

过了很长时间，劳拉看到树丛的缝隙有蓝色的湖水在一闪一闪的。硬邦邦的路面变成了柔软的沙地。马车的轮子陷了进去，马使劲拉着，累得浑身出汗。爸不时让它停下来休息几分钟。

突然，马车驶出了树林，劳拉看见了一大片湖。湖水像天空一样湛蓝，仿佛一直延伸到世界的尽头。她放眼望去，

只有一望无际的平静的蓝色湖水。在很远很远的地方，水天相接，有一道深蓝色的线。

天空多么开阔啊，劳拉从不知道天空有这么大。周围到处都空荡荡的，她感到自己好渺小，忍不住害怕起来，真庆幸爸妈都在身边。

阳光突然变得烫人了。太阳似乎就悬挂在头顶广袤的天空中，凉爽的树林远在湖边。在这样辽阔的天空下，就连大森林看上去也小了许多。

爸勒住马，转过头，用鞭子指着前面说："劳拉、玛丽，我们到了！那就是丕平镇。"

劳拉站在车厢的横板上，爸稳稳地扶住她的胳膊，让她能看到小镇。当劳拉看到小镇时，她几乎连该怎么呼吸都忘记了。

湖边有一座特别大的房子。爸告诉她，那就是商店。它不是用原木盖的，是用宽宽的灰木板从上到下一块块拼起

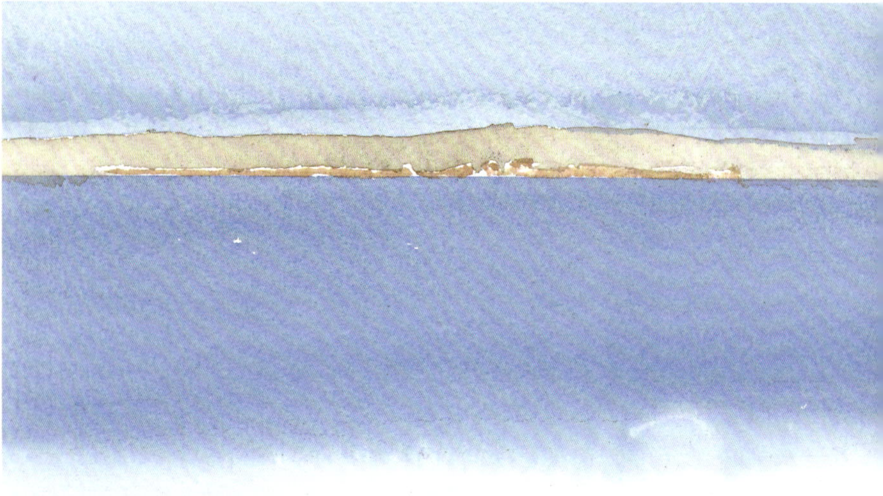

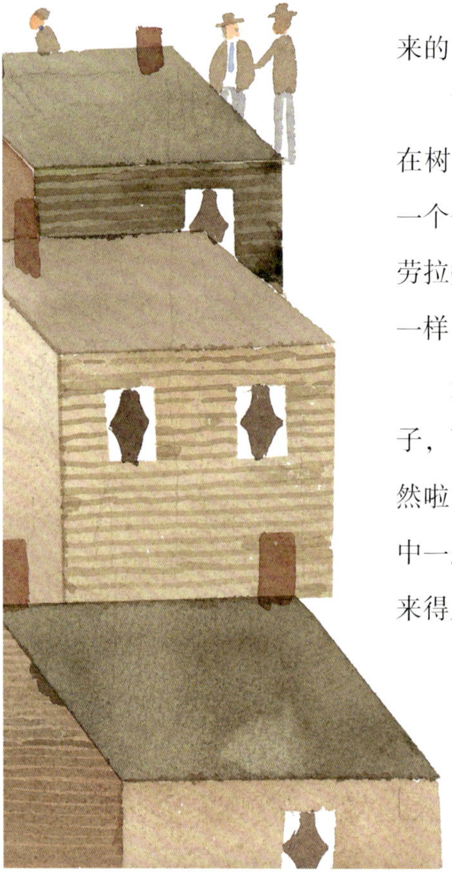

来的。房子周围是大片的沙地。

商店后面有一块空地，比爸在树林间开的那块空地还要大。一个个树桩之间都是房屋，多得劳拉数都数不清。它们也像商店一样，是用木板建造的。

劳拉从没想到会有这么多房子，而且一座座挨得这么近。当然啦，它们比商店要小得多。其中一座是用新木板建造的，还没来得及变成灰色，仍然是新砍伐木头的那种黄颜色。

这些房子里都住着人。烟囱里冒出缕缕炊烟。虽然不是星期一，但有女

人把洗干净的衣服晾在房子旁的树丛和木桩上。

阳光下，几个男孩、女孩在商店和那些房屋之间的空地上玩耍。他们从一个树桩跳到另一个树桩，快活地嚷嚷着。

“看，那就是丕平镇。”爸说。

劳拉只是点点头。她看啊看啊，说不出一句话来。过了一会儿，她才又坐下来，马拉着车继续往前走。

他们把马车停在湖边。爸解下两匹马，分别拴在马车车厢的两边。然后他牵着劳拉和玛丽的手，妈抱着小宝宝卡瑞走在旁边。他们踩着厚厚的沙地朝商店走去。热乎

乎的沙子从劳拉的鞋面钻进了鞋子里。

商店前面有一个宽宽的平台，平台一端有台阶从沙地通上去。劳拉的心跳得好快，简直迈不动腿。她全身都在发抖。

这就是爸用皮子换东西的那家商店。店老板认识爸，他们进去时，老板从柜台后面走出来，跟爸和妈说话，劳拉和玛丽必须表现出很懂规矩的样子。

玛丽向老板问好："您好。"

可是劳拉一句话也说不出来。

老板对爸和妈说："你们家这个闺女真漂亮啊。"他称赞了玛丽的金色鬈发，但一个字也没提到劳拉，也没提到她的鬈发。劳拉的头发是褐色的，没那么好看。

商店里的货物琳琅满目。一边的架子上全是各种颜色的印花布和细棉布，有漂亮的粉红色、蓝色、红色、褐色和紫色。在厚木板做成的柜台边的地板上，摆放着一桶桶钉子、一桶桶圆圆的灰色子弹，还有几只装满糖果的大木桶。此外

还有大袋的盐、大袋的糖。

商店中央有一把犁，木头把手油亮亮的，明晃晃的犁头一闪一闪。还有钢质的斧头、锤子、锯子，以及各种刀子——猎刀、剥皮刀、屠宰刀和折刀。店里还有大大小小的靴子，大大小小的单鞋。

店里的货物那么多，劳拉觉得即使看上几个星期也看不完。她从来不知道世界上竟然有这么多东西。

爸和妈在店里合计了很长时间。老板把一匹匹漂亮的细棉布拿下来，摊在妈的面前，让她抚摸。妈一边细看，一边和老板谈价钱。劳拉和玛丽在一旁看着，但不许用手去摸。每一种花色图案都比前一种更好看，而且多得数不清。劳拉不知道妈要怎么选才好。

妈挑了两种细棉布给爸做衬衫，挑了一块褐色的粗斜纹布给爸做工作服，还买了一些做床单和内衣的白布。

爸扯了一块细布要给妈做一条新围裙，妈说：“哦，不

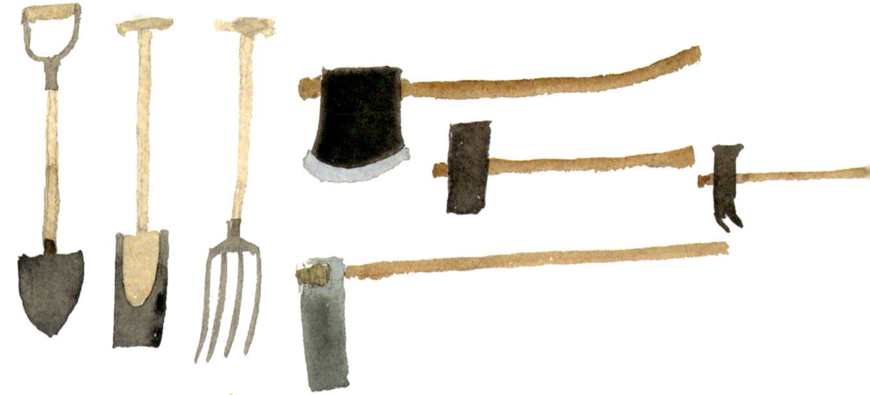

要，查尔斯，我真的不需要。”

可是爸大声笑了起来，说妈必须好好挑选，不然他就给妈挑那种鲜红底色带黄色大图案的。妈笑了，脸羞得红红的，挑了一块带玫瑰花蕾和叶子图案的浅黄色布。

爸给自己买了一副吊裤带和一包装在烟斗里抽的烟草。妈买了一磅茶叶，还有一纸包糖，预备家里来客人的时候用。这是一种浅褐色的糖，不像妈每天用的枫浆糖那样黑。

东西都买齐了，老板给了玛丽和劳拉每人一块糖。她们又是吃惊又是高兴，只顾呆呆地站在那里看着手里的糖。最后还是玛丽想起来，

说了一句：“谢谢。”

劳拉还是说不出话来。每个人都盯着她，她嘴里却发不出声音。妈只好问她：“你该说什么呢，劳拉？”

劳拉张开嘴，咽了咽口水，小声说：“谢谢。”

然后，他们离开了商店。两块糖都是白色的，做成又扁又薄的心形，上面印着红色的字母。妈念给她们听。玛丽的糖果上印着：

玫瑰红，
紫罗兰。
糖很甜，
你也甜。

劳拉的糖果上只印着：

甜甜的糖给甜甜的人。

两块糖大小完全一样，但劳拉糖上的字比玛丽糖上的字大一些。

全家人穿过沙地朝湖边的马车走去。爸喂了马，他在马车底部放了一些燕麦给马当午饭。妈打开了野餐盒。

他们都坐在马车旁温暖的沙地上，吃着面包、黄油、奶酪、煮得很硬的鸡蛋和曲奇饼。在他们脚下，丕平湖的波浪翻卷着涌到岸边，然后又退回去，发出细细的沙沙声。

吃过午饭，爸回到商店跟男人们聊天。妈静静地抱着卡瑞，哄她睡觉。劳拉和玛丽沿着湖边奔跑，捡拾那些被海

浪来回冲刷、变得滑溜溜的漂亮的鹅卵石。

大森林里可没有这样的鹅卵石。

劳拉每看到一颗漂亮的石子，就捡起来放进口袋，鹅卵石太多了，一颗比一颗更漂亮，把她的口袋装得满满的。后来，听到爸喊她们，她们就赶紧朝马车跑去，马已经套好，该回家了。

劳拉开心极了，口袋里装满了漂亮的鹅卵石，兴冲冲地朝爸跑去。可是当爸把她抱起来放到马车上时，发生了一件可怕的事。

沉甸甸的鹅卵石把她裙子上的口袋扯掉了，鹅卵石全骨碌碌地滚到了车厢底下。

劳拉哭了起来，因为她把自己最好的衣服弄破了。妈把卡瑞交给爸，快步赶过来，看了看衣服破的地方，说没关系。

“别哭了，劳拉，”妈说，“我能缝好。”她指给劳拉看，裙子没有扯坏，口袋也没扯坏。口袋是一个小袋子，缝在裙

摆的接缝上，挂在裙子里面。只是接缝被扯开了，妈可以把口袋再缝上去，就像新的一样。

“把漂亮的鹅卵石捡起来，劳拉，”妈说，“下次可不要这么贪心了。”

劳拉捡起鹅卵石，装进小袋子里，把袋子放在腿上。爸笑话她是个贪心的小姑娘，也不看看自己能拿多少，就捡这么多，劳拉听了并没有生气。

玛丽就从来没有过这样的事。玛丽是个很乖的小女孩，衣服总是干干净净、整整齐齐的，说话、做事总是很有规矩。玛丽有一头漂亮的金色鬈发，她的心形糖果上印的那首诗就是对她最好的赞美。

玛丽跟劳拉并排坐在横木板上，她看上去那么乖巧可爱、清清爽爽，衣服口袋也没被扯破。劳拉觉得这不公平。

然而，这是多么美妙的一天啊，是劳拉有生以来最美妙的一天。一路上，她一直想着漂亮的湖，想着刚刚看到的

小镇，想着东西多得看不完的大商店。她仔细地抱着腿上的鹅卵石，把那颗心形糖果小心地包在手绢里。回家后，她要把糖收起来，永远珍藏。这块糖太漂亮了，怎么舍得吃呢？

马车颠簸着在大森林里穿行，往家赶去。太阳落山了，树林里暗了下来，但最后的暮色还没有消失，月亮就升起来了。他们很安全，爸带着枪呢。

柔和的月光透过树梢照下来，在前面的路上投下斑斑驳驳的光影。马蹄发出愉快的嘚嘚声。

劳拉和玛丽累极了，什么话也没有说，妈抱着熟睡的小宝宝卡瑞，静静地坐在那里。爸轻声唱道：

虽然我们会沉溺于欢乐和奢华，

但哪儿也比不上我们简陋的家……

第十章 夏季

现在是夏季了，人们开始走亲访友。有时，亨利舅舅、乔治叔叔或爷爷会骑马穿过大森林来看爸。妈总是走到门口迎接他们，亲热地问大家近来怎么样，然后说：“查尔斯正在开荒呢。”

每当这时，妈做的饭会比平常多，吃饭的时间也比平常长。爸、妈和客人们总会坐着聊一会儿天，再回去干活儿。

有时，妈会让劳拉和玛丽沿着小路去山下拜访彼得森太太。彼得森一家是刚搬来的。他们家的房子很新，屋里非常整洁，因为彼得森太太家里没有小女孩捣乱。彼得森太太是瑞典人，她让劳拉和玛丽看过她从瑞典带来的那些漂亮东西——蕾丝花边、彩色刺绣，还有瓷器。

彼得森太太跟她们说瑞典语，她们跟彼得森太太说英语，但互相理解起来一点儿问题也没有。她们走的时候，彼得森太太会给她们每人一块小饼干，回家的路上，小姐妹俩就一小口一小口地边走边啃。

劳拉把她的饼干啃掉正好一半，玛丽也把她的饼干啃掉正好一半，另一半她们要留给小宝宝卡瑞。等她们回到家，卡瑞就会有两个半块饼干，合起来正好是一块完整的饼干。

这样不太对。其实她们只是想跟卡瑞平分两块饼干。可是，如果玛丽把她的饼干吃掉一半，劳拉把她的饼干全部吃掉；或者劳拉省下半块，玛丽把自己的饼干全部吃掉，那也不公平。

她们不知道该怎么办，所以每人都省下半块，给小宝宝卡瑞吃。但她们总觉得这里头有点儿不太公平。

有时候，邻居会捎话来，说他们全家要过来玩一天。妈就会忙着洗洗涮涮，做好吃的，并打开那一袋子糖。到了说好的那天早晨，一辆马车会驶到家门口，劳拉和玛丽就可以跟不认识的孩子们一起玩耍了。

哈利特夫妇来的时候，带来了伊娃和克拉伦斯。伊娃是个漂亮的小姑娘，眼睛黑黑的，鬈发也黑黑的。她玩耍的时候总是很当心，不会把自己的衣服弄脏、弄皱。玛丽也喜欢

那样，但劳拉更喜欢跟克拉伦斯一起玩。

克拉伦斯长着红头发和一脸雀斑，总是乐呵呵的。他的衣服也很漂亮。他穿一件蓝色西服，前面是一排闪闪发亮的金纽扣，还绣着穗带，脚上是一双黄铜包尖的皮鞋。

鞋尖上包的那块黄铜亮得耀眼，劳拉真希望自己也是个男孩，因为小姑娘是不穿黄铜包尖的鞋子的。

劳拉和克拉伦斯一起又跑又叫，还爬树，玛丽和伊娃则文文静静地一起散步、聊天。妈和哈利特太太寒暄，并肩看哈利特太太带来的那本《戈迪女性大全》。爸和哈利特先生抽着烟，看着马和庄稼。

有一次，洛蒂阿姨要来玩一天。那天早晨，劳拉不得不静静地站了很长时间，让妈给她解开头发里的布条，把头发梳成长长的鬈发。玛丽全都准备好了，规规矩矩地坐在椅子上，金色的鬈发亮闪闪的，那件中国蓝的裙子干净挺括。

劳拉喜欢自己的红裙子。可是妈把她的头发扯得好痛，而且她的头发是褐色的，不是金色的，所以不会有人注意

她。大家肯定只顾着瞧玛丽的头发，一个劲地称赞她。

“好了！”妈终于说道，“你的头发卷得很漂亮，洛蒂阿姨快要到了。你们俩快跑去迎接她，问问她喜欢哪样，是褐色鬈发还是金色鬈发。”

劳拉和玛丽跑出去的时候，洛蒂阿姨已经到了大门口。洛蒂阿姨是个大块头姑娘，比玛丽高得多。她的衣服是漂亮的粉红色，手里拎着一顶粉红色太阳帽的缎带。

“洛蒂阿姨，你最喜欢哪样？”玛丽问，“是褐色鬈发还是金色鬈发？”是妈叫她们这么问的，玛丽是个非常听话的小姑娘，大人叫她做什么她就做什么。

劳拉等着听洛蒂阿姨怎么回答，心里觉得很自卑。

“我两样都最喜欢。”洛蒂阿姨笑眯眯地说。她一边一个牵着劳拉和玛丽的手，一起蹦蹦跳跳地朝门口走去，妈就站在那里呢。

阳光透过窗户洒进小屋，每样东西都那么整洁、那么

漂亮。桌上铺着红桌布，炉子擦得乌黑锃亮。通过卧室的门，劳拉看见带轮子的小矮床规规矩矩地放在了大床底下。食品储藏室的门敞开着，能看到和闻见架子上美味的食物，黑苏珊喵喵叫着从阁楼下来，它刚才在上面打了个盹儿。

一切都是这么令人快乐，劳拉心情非常愉快，谁也想不到那天晚上她会变得那么淘气。

洛蒂阿姨走后，劳拉和玛丽累坏了，脾气也烦躁起来。她们在柴堆旁往盒子里捡小木片，准备第二天早晨引火用。她们一向讨厌捡小木片，可是每天都不得不做。今天晚上，她们比平常更讨厌做这件事。

劳拉抓住了那块最大的木片，可是玛丽却说："这有什么呀！反正洛蒂阿姨最喜欢我的头发。金色头发比褐色头发漂亮多了。"

劳拉喉咙发紧，说不出话来。她知道金色头发比褐色头发漂亮，自己无话可说，于是突然伸出手，打了玛丽一个

耳光。

然后她听见了爸的声音从身后传来：“上这儿来，劳拉。”

劳拉拖着双脚，慢慢地蹭了过去。爸就坐在门里面，看见她刚才打玛丽了。

“你记得吗？”爸严肃地说，“我告诉过你们，绝对不可以打架。”

劳拉想解释：“可是玛丽说——”

“跟这个没关系，”爸说，“你必须记住我说的话。”

爸从墙上拿下一条皮带，打了劳拉一顿。

劳拉坐在墙角的一张椅子里哭了。后来眼泪倒是停了，但她还是在那里闷闷不乐。此时整个世界上唯一值得她高兴的事，就是玛丽不得不一个人把装小木片的盒子捡满。

最后，天快黑了，爸说：“上这儿来，劳拉。”他的声音很温和。劳拉走到他跟前，他把劳拉抱在腿上，紧紧地搂着。劳拉偎在爸的臂弯里，脑袋贴在爸的肩膀上，爸长长的

褐色胡子把她的眼睛遮住了一半，一切又恢复了正常。

劳拉把事情的经过告诉了爸，然后问爸：“你是不是也比较喜欢金色头发，不喜欢褐色头发？”

爸低头望着劳拉，蓝色的眼睛亮闪闪的，他说：“哈哈，劳拉，我的头发就是褐色的呀。”

劳拉从没想到过这一点。爸的头发是褐色的，胡子也是褐色的，此时劳拉觉得褐色是一种很好看的颜色，又想到玛丽要捡拾所有的小木片，她一下子高兴多了。

夏季的夜晚，爸不讲故事，也不拉小提琴。夏季的白天很长，爸在田里辛辛苦苦地干了一天的活儿，已经很累了。

妈也很忙。劳拉和玛丽帮她一起给菜园子除草，帮她喂牛、喂母鸡、捡鸡蛋，还帮着做奶酪。

当树林的草长得又高又密，母牛产奶丰富的时候，就该做奶酪了。

必须先宰掉一头小牛，因为没有凝乳就做不成奶酪，而凝乳是小牛犊的胃内膜。牛犊必须很小，除了牛奶没吃过

别的东西。

劳拉害怕爸不得不宰掉牲口棚里的小牛犊。那些小牛犊太可爱了。一头是浅黄色的，一头是红色的，它们身上的毛那么柔软，大大的眼睛里总透着惊奇。听到妈跟爸说起做奶酪的事，劳拉心跳加快了。

好在两头小牛犊爸都不想宰掉，因为它们是小母牛，将来会长成大奶牛。爸去了爷爷家，又去了亨利舅舅家，商量做奶酪的事，亨利舅舅说他会宰掉一头自己的小牛犊。这样，波丽舅妈、奶奶和妈做奶酪的凝乳就都有了。

于是，爸又去了一趟亨利舅舅家，带回来一小片小牛犊的胃内膜。那就像一片柔软的灰白色皮革，一面皱巴巴的，摸上去很粗糙。

夜里给奶牛挤奶的时候，妈把牛奶存放在锅里。第二天早晨，妈把奶油撇出来，留着以后做黄油。早晨挤的牛奶冷却后，妈把它跟撇过奶油的牛奶混在一起，放在炉子上加热。

那一小片胃内膜用布绑着，浸泡在热水里。

牛奶加热到一定程度，妈把布包着的小牛犊胃内膜里的每一滴水都挤出来，然后把这水倒进牛奶。充分搅拌之后，把它放在炉子旁温暖的地方。过了一会儿，牛奶就凝成了光滑的、一晃就颤巍巍的糊糊。

妈用一把长刀把糊糊切成小方块放在那里，让凝乳跟乳浆分离。然后妈把那些小方块和汁液全倒进一块布里，让薄薄的、黄黄的乳浆流出来。

当布里不再有乳浆流出来时，妈把凝乳倒进一口大锅，一边加盐，一边充分搅拌。

劳拉和玛丽一直在旁边帮忙。她们喜欢在妈加盐时吃几块凝乳，牙齿咬得吱吱作响。

在后门外的樱桃树下，爸支起了挤奶酪的木板。他在木板上凿了两道凹槽，然后把木板架在两块木头上，两块木头一高一矮。矮的这头下面放了一只空桶。

妈把木头做的干酪模子放在木板上，在它内侧铺一块干净的湿布，把模子里满满地堆上加了盐的凝乳块。然后蒙

上一块干净的湿布，再在顶上放一块圆木板，大小正好能塞进模子里。接着，妈把一块沉甸甸的石头压在木板上面。

整个一天，圆木板在石头的重压下慢慢下沉，乳浆便被挤压出来，顺着木板上的凹槽流进下面的桶里。

第二天早晨，妈拿出那块圆圆的、跟牛奶锅一样大的黄色奶酪。然后再做出一锅凝乳，把干酪模子塞满。

每天早晨，她都从石头下取出新的奶酪，将它削得光滑整齐。她把包奶酪的布紧紧地缝上，再把新鲜黄油均匀地抹在布的表面，然后把奶酪放在食品储藏室的架子上。

妈每天都用一块湿布把每块奶酪仔细擦上一遍，再用新鲜黄油彻底擦一擦，翻转一面放好。这样经过许多天，奶酪就熟了，表面结了一层硬壳。

等到这时候，妈会把每块奶酪用纸包好，存放在高高的架子上。剩下来的事情就是吃了。

劳拉和玛丽喜欢做奶酪，喜欢吃嚼起来吱吱响的凝乳，

也喜欢吃妈从又大又黄的奶酪上削下来的边边角角。

妈笑话她们贪嘴，爱吃绿奶酪。

“有人说，月亮就是绿奶酪做成的。”妈告诉她们。

新做的奶酪看上去确实很像从树梢后面升起来的圆月亮，但它不是绿色的，而像月亮一样是黄色的。

“叫它绿奶酪是因为它还没有成熟，”妈说，“等养好了，成熟了，就不叫它绿奶酪了。”

“月亮真的是绿奶酪做的吗？”劳拉问。妈大笑起来。

“我想，是因为月亮看上去像绿奶酪，人们才这么说的，”妈说，“但是外表是会骗人的。”她用湿布擦绿奶酪，再用黄油搓，一边跟她们说，冰冷、死寂的月亮就像一个上面什么生命也没有的小星球。

妈做奶酪的第一天，劳拉尝了尝乳浆。她尝乳浆的时候没有跟妈说，后来妈转身看见了她的脸，不禁哈哈大笑起来。那天晚上，妈在洗盘子，玛丽和劳拉负责把盘子擦干，

妈告诉爸劳拉尝了乳浆，而且一点儿也不喜欢那味道。

“妈做的乳浆不会让你饿死，老格里媳妇做的乳浆就把老汉饿死了。”爸说。劳拉央求爸给她讲老格里的故事。爸虽然很累了，还是从匣子里拿出小提琴，一边拉琴，一边把故事唱给劳拉听：

善良的老格里他死啦，
我们再也见不到他。
他总穿那件破大褂，
一排纽扣齐刷刷。

他媳妇做了脱脂奶，
老格里喝的是乳浆。
从西边吹来一阵风，
把老格里刮到半空上。

“明白了吧？”爸说，“那媳妇是个小气的女人。如果她没有把牛奶里的奶油全捞光，就会有一点儿奶油流进乳浆里，或许还够老格里吃的。可是她把每滴奶油都捞得光光的，可怜的老格里才变得那么瘦，一阵风就把他给刮跑了。他完全是饿死的呀。”

然后爸看着妈，说：“卡罗琳，有你在，我们谁也不会饿死。”

“是啊，”妈说，“查尔斯，只要你给我们提供吃喝，就不会饿死。”

爸很高兴。一切都这么令人愉快，夏季的夜晚，门窗都敞开着，妈洗盘子，玛丽和劳拉把它们擦干，盘子发出愉快的叮叮声。爸把小提琴收起来，笑眯眯地轻轻

吹起口哨。

过了一会儿，爸说："卡罗琳，我明天早晨要到亨利家去借挖掘铲。麦田里那些树桩子周围的新芽已经蹿到腰那么高了。一刻也不能松劲啊，不然树林就会把地盘夺回去的。"

第二天一早，爸动身到亨利舅舅家去。可是没过多久，他又匆匆回来了，给马车套上马，把斧子、两个洗衣盆、煮衣锅和家里所有的提桶、木桶全放进了车里。

"卡罗琳，我也不知道会不会用到它们，"爸说，"但如果要用的时候没带就糟糕了。"

"怎么啦？怎么啦？"劳拉问，兴奋得上蹿下跳。

"爸发现一棵树上有蜜蜂窝，"妈说，"也许能给我们带回一些蜂蜜来。"

到了中午，爸还没有回来。劳拉一直在等他，马车刚在牲口棚的院子旁停住，她就跑了出去。可是她看不见马车里面。

爸喊道：“卡罗琳，你来拎走这桶蜂蜜，我去卸马。”

妈有些失望地走向马车，说：“唉，查尔斯，一桶蜂蜜也总比没有强啊。”可妈往马车里一看，顿时吃惊得举起了双手。爸哈哈大笑。

所有的提桶和木桶里都堆满了黄灿灿的、滴着蜜的蜂窝。两个盆里也满满的，煮衣锅里也满满的。

爸和妈来来回回好几趟，把两只满满的盆、煮衣锅和所有的提桶、木桶都搬进屋里。妈把金黄色的蜂窝堆满一个盘子，剩下来的都用布盖得严严实实。

午饭的时候，大家敞开肚皮吃了许多美味的蜜，爸告诉她们，他是怎样发现这颗有蜂巢的树的。

“我没有带枪，因为不是去打猎，而且现在是夏天，不太可能遇到危险。每年这个时候，豹子和熊都吃得肥肥的，身子犯懒，脾气随和。

“我抄近路在树林里穿行，差点儿撞到一头大熊。我绕

过一片灌木丛，突然就看见了它，它离我很近，也就从屋子那头到我这里的距离。

“熊扭头看着我，我想它已经看到了我没有带枪。反正，它没有再理会我。

“它站在一棵大树底下，许多蜜蜂围着它嗡嗡叫，可它们蜇不透厚厚的熊皮。大熊不断地挥舞着一只爪子，不让蜜蜂叮它的脑袋。

“我站在那里望着它，只见它把另一只爪子伸进了一个树洞，掏出来的时候爪子上滴滴答答全是蜂蜜。它把爪子上的蜂蜜舔干净，又伸进去掏。那时我已经找到了一根棍子，我也想找到那些蜂蜜。

“于是，我故意闹出很大动静，用棍子使劲砸树，还不住地大声嚷嚷。大熊实在太胖了，现在还吃了一肚子蜂蜜，所以只能四肢着地，摇摇摆摆地走进了树丛。我追赶了一段距离，逼它快跑，远远离开那棵树，然后我再赶回来驾

马车。”

劳拉问爸是怎么把蜜从蜜蜂那里夺来的。

“那个容易，”爸说，“我把马留在树林里，免得被蛰，然后把那棵树砍倒，把树干劈开。”

“蜜蜂没有蜇你吗？”

“没有，”爸说，“蜜蜂从来不蜇我。整棵树都是空的，从上到下糊满了蜜。蜜蜂把蜜藏在里面肯定有许多年了。有些陈年蜂蜜已经发黑了，但我想我弄到了许多干净的好蜜，够我们吃很长时间了。”

劳拉为那些可怜的蜜蜂感到难过。她说：“它们这么辛勤地工作，到头来却一点儿蜂蜜也没有了。”

爸说还剩了许多蜂蜜留给那些蜜蜂，而且，旁边还有一棵空心大树，它们可以搬到那里面去。爸还说，蜜蜂们也应该换一个干净的新家了。

蜜蜂们会把爸留在老树里的旧蜜做成新鲜的蜜，存在它们的新家里。它们会把洒掉的每一滴蜂蜜都收集存放起来。在冬天到来之前，它们还有很长的时间收集足够的蜂蜜。

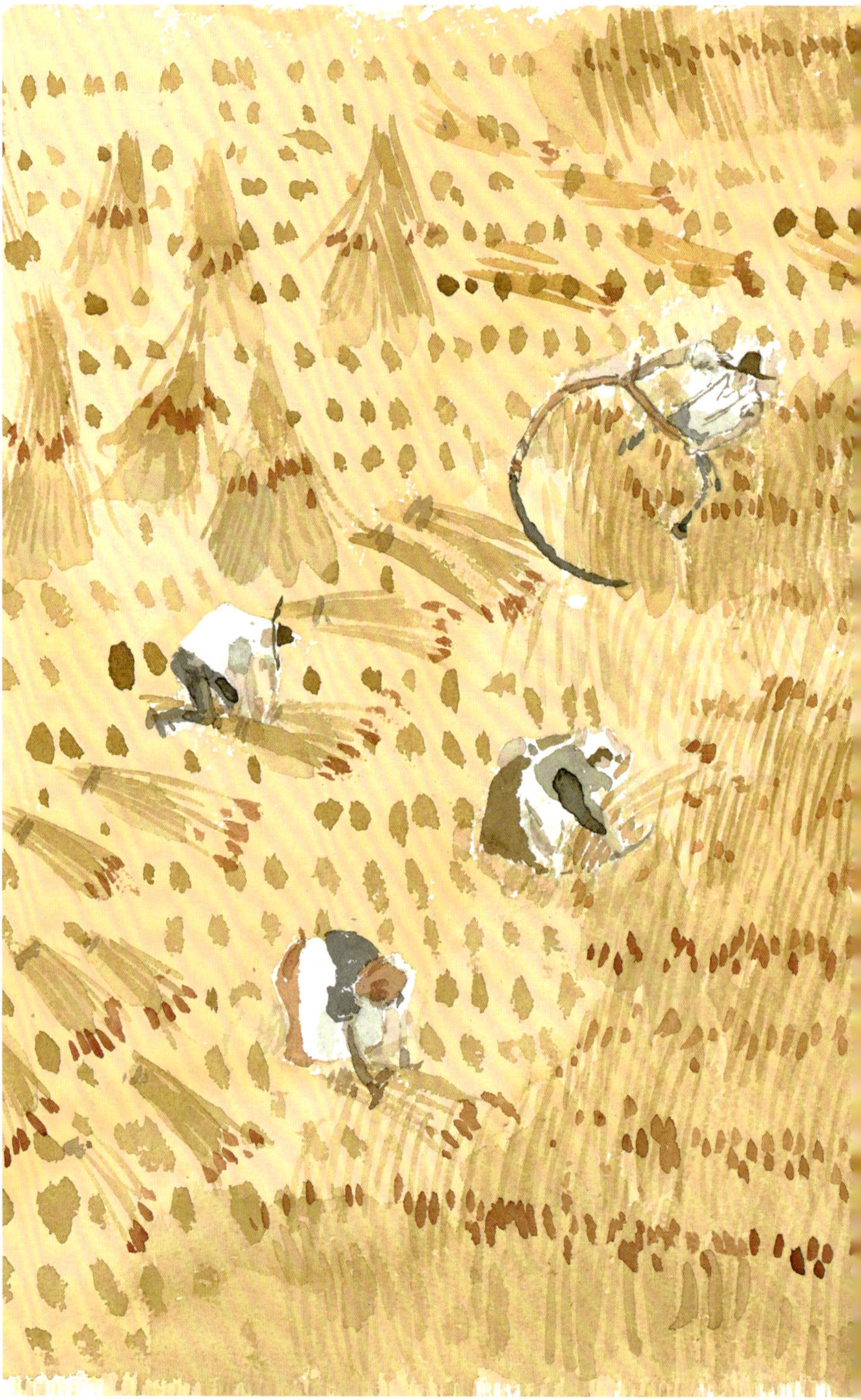

第十一章 收获

地里的庄稼成熟时，爸会和亨利舅舅互相换工。爸要收割庄稼时，亨利舅舅就过来跟爸一起干活儿，波丽舅妈和表兄妹们也都会过来待一天。当爸去帮亨利舅舅收割庄稼时，妈就带着劳拉、玛丽和卡瑞到波丽舅妈那里过一天。

妈和波丽舅妈在屋里干活儿，所有的表兄妹们都在院子里玩耍，一直玩到吃午饭。波丽舅妈的院子真是个玩耍的好地方，院里有好多矮矮粗粗的树墩子，表兄妹们可以脚不沾地从一个树墩跳到另一个树墩。

就连年纪最小的劳拉，也能在小树墩较密的地方轻松地跳来跳去。表哥查理是个大男孩，快满十一岁了，能在整个院子里的树墩间跳来跳去。较小的树墩他一次能跳过两个，还能在栅栏顶上走，一点儿也不害怕。

爸和亨利舅舅在田里干活儿，用大镰刀收割燕麦。大镰刀是固定在木板框架上的一把锋利的钢刀，刀刃切过庄稼时能把它们收拢在一起。爸和亨利舅舅握着弯弯、长长的镰刀

柄，把刀刃挥向挺立的燕麦。等到够堆成一堆了，他们就把割下来的麦子从木板上倒下来，整整齐齐地堆在地上。

干这个活儿很辛苦，要顶着毒辣的太阳在田里走来走去，两只手挥舞着沉重的镰刀割燕麦，再把燕麦倒在地里堆成堆。

燕麦都收割完后，还要再回到田里。这次他们蹲在每堆燕麦旁，每只手各抓一把麦杆，把它们打个结连起来，形成一股较长的绳子。然后抱起地上的那堆燕麦，用绳子紧紧捆住，打结，再把绳子的两端塞进去。

捆好七捆后，就必须垒成垛。打垛的时候，让五捆燕麦竖立，彼此挨得紧紧的，麦穗朝上。然后在上面再加两捆燕麦，把麦杆摊开一些，形成一个小小的屋顶，这样可以保护下面的五捆燕麦不被露水和雨水打湿。

天黑前，必须把割下来的每一捆燕麦都打成垛，否则燕麦在地里遭一夜露水就毁了。

爸和亨利舅舅干得很辛苦，天快要下雨了，空气非常闷热，一丝风也没有，他们渴望能下点儿雨。但燕麦已经成熟，如果不赶在下雨之前收割下来垒成垛，收成就泡汤了。那样的话，亨利舅舅的马整个冬天就要饿肚子了。

中午，爸和亨利舅舅匆匆忙忙回到家里，三口两口地把午饭塞进肚。亨利舅舅说，下午查理必须跟他们一起干活儿。

听了亨利舅舅的话，劳拉向爸望了望。在家里的时候，爸曾经跟妈说，亨利舅舅和波丽舅妈把查理宠坏了。爸十一岁的时候，已经赶着两匹马整天在地里干活儿了，可是查理几乎什么活儿也不干。

这回，亨利舅舅说查理必须到田里去，这确实可以节省他们许多时间。他可以到泉水旁打水，可以在他们渴的时候把水罐端给他们。要磨刀的时候，可以把磨刀石拿来。

所有的孩子都看着查理。查理不想到田里去，他想在院子里玩耍。当然啦，他嘴上并没说什么。

爸和亨利舅舅根本顾不上休息。他们匆匆忙忙吃完饭，就又回地里干活儿了，查理也跟他们一起去了。

现在，玛丽成了最大的孩子，她想玩一种安安静静的、淑女般的游戏。于是，下午表姐妹们就在院子里玩过家家。那些树墩子是桌椅板凳和炉子，树叶是盘子，树枝是小孩子。

那天晚上回家的时候，劳拉和玛丽听见爸跟妈说了田里发生的事情。

查理没给爸和亨利舅舅帮上忙，反而给他们添了不少麻烦。他挡着他们的路，使他们没法挥动镰刀。他把磨刀石藏了起来，需要磨刀的时候，他们找了好半天。亨利舅舅喊了他三四遍，他才把水罐端去，还满脸的不高兴。

他一直跟着他们，说个不停，问这问那。他们埋头干活儿，哪有工夫理他，于是就叫他走开，不要来烦他们。

后来，他们听见他大声尖叫，只好扔掉镰刀，从田里朝他跑去。要知道，田地周围都是树林，燕麦地里还有蛇。

可他们跑到查理身边时，却发现什么事也没有，查理还笑话他们："这次你们上当了！"

爸说，如果他是亨利舅舅，准会狠狠地揍查理一顿。可是亨利舅舅没有这么做。

他们喝了点儿水，又回去干活儿了。

查理大叫了三次，每次他们都慌慌张张地跑到他身边，可每次都被他嘲笑。查理觉得这是个很有趣的玩笑，而亨利舅舅仍然没有惩罚他。

第四次，他叫得比前几次更响了。爸和亨利舅舅看着他一边尖叫，一边上蹿下跳，但觉得他没有什么异样，而且刚才被骗了那么多次，就没有再理他，继续干活儿。

查理仍在那里叫个不停，声音越来越响，越来越刺耳。爸什么也没说，亨利舅舅说："随他叫去。"他们继续干活儿，随他在那里叫唤。

查理一个劲地上蹿下跳，尖叫连连，根本没有停下来

的意思。最后，亨利舅舅还是不放心，说：“也许真的出了什么事。”

他们放下镰刀，从田里朝他跑去。

原来，查理一直在一个小黄蜂的窝上跳个不停！小黄蜂的窝在地里，查理不小心踩在了上面。那些黄灿灿的小蜜蜂全密密麻麻地飞了出来，用热辣辣的刺来蜇他，他无法逃脱。

他跳个不停，全身上下有好几百只黄蜂在蜇他。黄蜂蜇他的脸，蜇他的手，蜇他的脖子和鼻子，顺着他的裤腿往上爬着蜇他，顺着他的脖子后面往下爬着蜇他。查理跳得越凶，叫得越响，黄蜂就蜇得越厉害。

爸和亨利舅舅抓住查理的胳膊，拽着他逃离了黄蜂窝。他们给他脱掉了爬满黄蜂的衣服，他身上被蜇过的地方肿了起来。他们打死那些正在蜇他的黄蜂，抖掉他衣服上的黄蜂，再给他把衣服重新穿上，送他回家。

劳拉、玛丽和表姐妹们正在院子里安安静静地玩，突

然听见一阵响亮的哭声。查理号啕大哭着走进了院子，他的脸肿得那么大，连眼泪都挤不出来了。

查理的双手也肿了起来，脖子肿得老粗，腮帮子肿得又大又硬。他的手指支棱着，变得粗大僵硬。在他被蜇肿的脸蛋和脖子上，全是硬硬的小白坑。

劳拉、玛丽和表姐妹们都愣在原地看着他。

妈和波丽舅妈从屋里跑出来，问他是怎么回事。查理只是一个劲地哇哇大哭。妈说准是被黄蜂蜇的，说完就跑到菜园子里，盛了一大盘泥土。波丽舅妈把查理领进屋，给他脱掉衣服。

她们调了一大盘泥糊糊，涂满查理全身，又用一条旧床单把他裹起来放在床上。查理的眼睛肿得睁不开，鼻子变成了滑稽的形状。妈和波丽舅妈在他脸上也涂满泥糊糊，包上布，只有鼻尖和嘴巴露在外面。

波丽舅妈煮了一些草药，给查理退烧。劳拉、玛丽和表

姐妹们站在查理的床边看着他。

爸和亨利舅舅从田里回来的时候，天已经黑了。所有的燕麦都垒成了垛，现在，天要下雨就尽管下吧，不会把粮食毁掉了。

爸不能留下来吃晚饭，他还要赶回去挤牛奶。家里的奶牛已经在等着了，如果没有按时挤奶，奶牛的产奶量就会减少。爸迅速套上马车，劳拉她们全钻进了车里。

爸累坏了，双手疼得厉害，没法好好地赶车，好在马认识回家的路。妈抱着小宝宝卡瑞坐在爸的身边，劳拉和玛丽坐在后面的横板上，听爸讲起了查理的事情。

劳拉和玛丽都吓坏了。她们自己平常也很淘气，但从没想象过有人会淘气到查理那个程度。查理不仅没有帮着抢收燕麦，而且还不听大人的话。爸和亨利舅舅都在拼命干活儿的时候，他却在给他们添乱。

爸讲到黄蜂窝的事时，说："那个小骗子活该被蜂蜇。"

那天晚上，劳拉躺在小矮床上，听着雨点啪啪地敲打

屋顶，顺着屋檐往下流淌，心里想着爸说过的话。

想到那些黄蜂蜇查理的事情，她也认为那是查理活该。因为查理淘气得太过分了，而且他在黄蜂窝上乱跳，那些黄蜂有理由蜇他。

但是劳拉不理解爸为什么叫查理小骗子。她不明白，查理一句话都没说，怎么就成了骗子呢？

第十二章

奇妙的机器

第二天，爸剪掉几捆燕麦的麦穗，把干净的、黄艳艳的麦秸拿给了妈。妈把它们插在一桶水中，让它们变软，并一直保持柔软。然后，妈坐在桶边的椅子上开始编麦秸。

她捡起几根麦秸，把它们的梢子打结系在一起，编了起来。麦秸长短不同，一根麦秸快编到头了，妈就从桶里再拿出一根新的长麦秸接上，继续编。

妈把编好的麦秸辫的一头浸在水里，另一头继续往下编，一直编出好几米长的辫子。接连许多天，妈一有空就编麦秸。

妈用七根最细的麦秸编出了一根细密精致的小辫子，又用九根较粗的麦秸编出了一根较宽的辫子，边缘有锯齿。然后，妈用最粗的麦秸编出了一根最宽的辫子。

等所有的麦秸都编好了，妈就用针穿上一根坚韧的白线，从一根麦秸辫的顶端开始，一圈圈地盘绕着缝起来，同时抓稳辫子，使它缝好后仍然保持平展。这样就缝成了一个

小垫子，妈说这是一顶草帽的顶。

接着，妈把麦秸辫子的一侧拽紧，继续一圈圈地缝。辫子往里聚拢，形成帽顶的侧面部分。等帽顶的高度够了，妈就又把辫子放松一些，继续一圈圈地缝，辫子平展展地伸开了，就成了帽檐。

帽檐的宽度够了，妈剪断麦秸辫子，把末梢缝死，这样就不会散开了。

妈用最细最窄的辫子给玛丽和劳拉缝了草帽，用稍宽一些、带锯齿的辫子给爸和她自己各缝了一顶帽子，这顶帽子是星期天戴的。然后，妈又用粗糙的、最宽的辫子给爸缝了两顶平常戴的草帽。

每缝完一顶帽子，妈就把它放在一块木板上晾干，同时把它摆成漂亮的形状，这样草帽干了以后，就能保持她想要的那个样子。

妈做的草帽特别漂亮。劳拉喜欢看妈做帽子，她也学会

了怎样编麦秸，给夏洛特做了一顶小草帽。

白天越来越短，夜晚越来越凉。一天夜里起霜了，到了早上，大森林的绿叶间就有了星星点点亮晶晶的颜色。叶子不再是绿色的了，变成了黄色、浅红色、深红色、金色和褐色。栅栏边，漆树红彤彤的叶子上结满了深红色的圆锥形浆果。橡果从橡树上纷纷掉落，劳拉和玛丽过家家的时候，用橡果做小杯子、小盘子。大森林里，核桃和山核桃的果实落到地上，到处可见松鼠在忙碌奔跑，收集过冬的坚果，藏在空空的树洞里。

劳拉和玛丽跟妈一起去捡核桃、山核桃和榛子。她们把坚果摊在阳光下晒干，然后敲掉外面的壳，把果仁存放在阁楼上留着冬天吃。

捡拾又大又圆的核桃、较小的山核桃，以及矮树丛中一串串的小榛子，真是好玩极了。核桃的柔软外壳里有一种褐色的汁，会把她们的手染黑；不过，当劳拉用牙齿撬开榛

果的时候，发现榛子不仅外壳闻起来很香，吃起来味道也不错。

现在大家都很忙，园子里的蔬菜都必须储藏起来。劳拉和玛丽也帮了不少忙。爸把土豆从地里刨出来后，她们就把那些沾满土的土豆捡起来，她们还帮着拔长长的、黄黄的胡萝卜和圆圆的、头上发紫的水萝卜。此外，她们还帮妈煮南瓜，做南瓜馅饼。

妈用屠宰刀把橘黄色的大南瓜切成两半。她挖出南瓜肚里的籽，再把南瓜切成长条，削去外皮。劳拉帮妈把南瓜条切成南瓜丁。

妈把南瓜丁放进炉子上的一口大铁锅里，倒进一些水，看着南瓜在里面慢慢地熬煮一整天。所有的水和汁都必须烧干，得注意千万不能把南瓜烧糊。

熬着熬着，锅里的南瓜成了一堆黑乎乎、香喷喷的黏稠糊糊。它不像水开了那样沸腾，只是表面冒出泡泡，突然噗的一声爆开，出现一个小洞，很快又合上了。每次泡泡爆开时，就会散发出一股浓浓的、热乎乎的南瓜味。

劳拉站在一张椅子上，替妈看着南瓜，两只手抓住铲子，仔细地搅拌。如果南瓜烧糊了，就做不

成南瓜馅饼了。

午饭吃的是面包和煮南瓜。她们把南瓜在盘子里堆成好看的形状。南瓜的颜色真漂亮，煮好的南瓜又软又糯，可以用餐刀在上面刻出美丽的图案。妈一向不允许她们在桌上拿食物闹着玩，必须规规矩矩地吃完摆在面前的每样东西，盘子里一点儿也不许剩下。但是妈答应她们，可以把香喷喷、黄澄澄的煮南瓜做成漂亮的形状再吃。

有时，她们午饭会烤笋瓜吃。笋瓜的皮太硬了，妈得拿爸的斧子才能把它剁成块。烤笋瓜的时候，劳拉喜欢在瓜皮软软的内侧抹上黄油，然后

再挖出黄色的瓜肉吃。

现在，晚饭经常吃去皮的玉米粒和牛奶。那也很好吃。当妈开始给玉米粒去皮时，劳拉就等不及想吃了。给玉米粒去皮要花两三天的时间。

第一天，妈把炉子里的炉灰都擦洗干净，然后烧几块干净的、易燃的硬木，留住它们的灰。她把硬木灰放在一个小布袋里。

那天晚上，爸带回几根颗粒饱满的玉米棒子。他把玉米棒子整理干净——削去头上瘦小干瘪的颗粒，然后把剩下的玉米粒搓下来，放进一个大盘子堆满。

第二天一早，妈把盘子里的玉米

粒和那包炉灰放进大铁锅。她往铁锅里放满水，然后就开始煮。玉米粒慢慢膨胀，越胀越大，越胀越大，最后表皮裂开，开始脱落。

当所有玉米粒的皮都脱落了，妈就用力把沉重的铁锅搬到屋外。她往一个干净的桶里倒满从泉里汲来的清水，把玉米粒从锅里取出来，浸在桶里。

妈把印花细布衣服的袖子卷到胳膊肘上，跪在桶边，用双手揉搓玉米粒，直到所有的表皮全部脱落，漂浮在水面上。

然后妈把桶里的水倒掉，再将桶里加满泉水。她不停地用双手揉搓玉米粒，不停地换水，直到每一粒玉米的皮都被搓下来，淘洗掉了。

妈看上去真漂亮，她在清水里揉搓玉米粒时，露在外面的胳膊丰满白皙，面颊红扑扑的，乌黑的头发顺滑而有光泽。她很小心，从来不会把一滴水溅在她漂亮的衣裙上。

去皮工作完成后，妈把所有又软又白的玉米粒都放在食品储藏室的一个大罐子里。晚饭的时候，他们终于可以吃到去皮玉米粒加牛奶了。

有时，他们早饭也吃去皮玉米粒加枫树糖浆；有时，妈会把软软的玉米粒放在猪油里煎。但劳拉最爱吃的还是玉米粒加牛奶。

秋天的乐趣可真不少。要干的活儿特别多，好吃的东西特别多，可看的新鲜事物也特别多。从早到晚，

劳拉都跟小松鼠一样蹿来蹿去，叽叽喳喳。

在一个起霜的早晨，路上出现了一台机器。四匹马拉着它，两个男人坐在上面。马把机器一直拉到爸、亨利舅舅、爷爷和彼得森先生堆麦子的田里。

机器后面，还有两个男人驾着一台略小的机器。爸大声告诉妈，打麦机来了，说完就赶着他的两匹马匆匆到地里去了。劳拉和玛丽跟妈说了一声，便跟着爸朝田里跑去。她们可以在一旁看，只要不打扰大人干活儿就行。

亨利舅舅也骑着马来了，他把马拴在一棵树上，和爸两人把另外八匹马都套在那台小机器上。机器中央伸出来四根长棍，他们在每根长棍的顶端各套上两匹马。地上躺着一根长长的铁杆，连着小机器和大机器。

劳拉和玛丽问了许多问题，爸告诉她们，大机器叫脱粒机，那根铁杆叫滚杆，小机器叫马力机。要靠八匹马套在上面才能让它运转，所以这是一台八马力的机器。

一个男人坐在马力机顶上，一切就绪后，他朝马打了个响嘴，马就走了起来。马围着那个男人绕圈子，每两匹马都能拉动套在它们身上的那根长棍，跟着前面的两匹马走。绕圈子时，它们小心地跨过在地上不断翻打的滚杆。

马的拉力使滚杆不停地翻转，杆子带动了麦垛旁那台脱粒机。

机器轰隆轰隆，乒乒乓乓，发出震耳欲聋的噪音。劳拉和玛丽紧紧拉着彼此的手，站在田边，睁大眼睛使劲看。她们以前从没见过机器，也从没听过这么响的噪声。

爸和亨利舅舅站在麦垛顶上，用叉子把麦捆叉到下面一块木板上。一个男人站在木板旁，割断麦捆上的绳子，把麦子送进脱粒机顶端的一个洞里，一次一捆。

那个洞就像脱粒机的嘴巴，有长长的铁牙齿。铁牙齿不停地咀嚼麦捆，然后脱粒机把麦捆吞咽下去。麦秸从脱粒机的另一端喷出来，麦粒从侧面哗哗流出。

两个男人手脚麻利地把麦秸踩在脚下，堆成麦秸垛。另一个人动作敏捷地用麻袋接住涌出的麦粒。脱粒机里的麦粒流进一个器皿，器皿一满，那人就赶紧换上一个空的，把满的倒进麻袋。他刚把麦粒倒空，把第一个器皿放回喷嘴下面，第二个器皿就满了。

所有的人都以最快的速度干活儿，机器也毫不落后。劳拉和玛丽兴奋得连气都喘不过来了。她们紧紧地拉着手，眼巴巴地看着。

马走了一圈又一圈。赶马的那个人抽着响鞭，喊道："快跑，约翰！你可别想磨洋工！"啪！鞭子抽响。"留神，比利！慢点儿，小子！你只能走这么快。"他接着喊道。

脱粒机吞进麦捆，金黄色的麦秸喷吐而出，像一团金

黄色的云，金褐色的麦粒从喷嘴里流淌出来，几个男人手脚不停，爸和亨利舅舅以最快的速度把麦捆叉下来。糠皮和灰尘扬得到处都是。

劳拉和玛丽尽兴地看了很长时间，然后跑回家帮妈准备午饭。

炉子上煮着一大锅卷心菜炖肉。烤炉里烤着一大盘豆子和一块强尼饼。劳拉和玛丽为那些打麦子的人们摆好餐具，端出陈面发酵的面包和黄油、一碗碗煮南瓜、南瓜馅饼、干浆果馅饼、曲奇饼、奶酪、蜂蜜以及大罐的牛奶。

然后，妈端出土豆、卷心菜炖肉大杂烩、烤豆子、热腾腾的强尼饼和烤笋瓜，并倒上了茶。

劳拉一直不明白为什么玉米面做的面包叫强尼饼。这明明不是饼呀。妈也不太清楚，只知道北方士兵在南方打

仗时，见当地人很喜欢吃这种东西，便称为强尼饼，因为他们管南方士兵叫强尼兵。大概为了好玩，才管南方的面包叫大饼的。

妈曾经听人说应该叫它干粮饼。她也搞不清。这并不是什么很好的面包，是那种带在路上当干粮充饥的。

中午，打麦子的人们进屋来，在摆满食物的桌旁坐下。他们一点儿也不嫌食物多，因为打谷的人干活儿辛苦，都饿坏了。

到下午三四点钟的时候，所有的谷子都打出来了，机器的主人拉着机器和作为报酬的几麻袋

麦粒进了大森林。他们要去下一个地方，那里的人已经堆好了麦垛，等着机器去打麦子。

那天晚上，爸很累，但心情很好。他对妈说：“如果用连枷打，要打出今天机器打出的这么多麦粒，亨利、彼得森、爸和我每人都要干两个星期呢。而且，我们也打不出这么多麦子，麦粒也不会脱得这么干净。”

“那机器真是个了不起的发明！”他说，“别的人或许愿意用旧法子，但我是完全支持进步的。我们生活在一个伟大的时代。我只要还种麦子，就要用机器来打，但愿附近能找到机器。”

爸实在太累了，那天晚上他没有跟劳拉说话，但劳拉很为他感到骄傲。是爸联合另外几个人把麦子堆在一起，请来了脱粒机。这可真是一台奇妙的机器，每个人都为请来了机器而感到高兴。

第十三章

林中的鹿

草已经干枯了，奶牛也从树林里被牵回来，关进了牲口棚里喂养。寒冷的秋雨开始降下，颜色灿烂的叶子都变成了灰褐色。

再也不能在树下玩耍了。不过，下雨天爸会待在小木屋里，晚饭后又开始拉小提琴。

雨停了，天变得更冷。大清早，所有的东西上都结了一层亮闪闪的霜花。白天越来越短，炉子里一直生着小火，让屋里保持暖和。看来，冬天不远了。

阁楼和地窖里又一次堆满了好东西，劳拉和玛丽开始缝她们的拼接床单。一切又开始变得暖融融的，充满温馨。

一天晚上，爸干完杂活儿回来，说吃过晚饭他要到鹿苔那儿看看有没有鹿。开春以来，小木屋里就没有过新鲜的肉，现在小鹿已经长大，爸又可以打猎了。

爸在树林里的一处空地上弄了一片鹿苔，附近有树，他可以坐在树上监视。鹿苔是鹿过来吃盐的地方。鹿一发现

地上有咸的东西，就过来舔，人们就管那里叫鹿苔。爸在那片地上撒了些盐，于是就有了鹿苔。

吃过晚饭，爸拿着枪进了森林，劳拉和玛丽直接睡下了，没听故事，也没听音乐。

早晨一醒来，她们就跑到窗口去看，可是并没有鹿挂在树上。爸以前出去打猎，从不会空手而归。劳拉和玛丽不明白这是怎么回事。

爸白天一直很忙，他把枯树叶和麦秸堆在小屋和牲口棚周围，拿石头压住，驱挡严寒。白天越来越冷，那天晚上，壁炉里的火生得更旺了，窗户关得紧紧的，为了过冬，爸还把窗户缝也封死了。

吃过晚饭，爸把劳拉抱在腿上，玛丽坐在旁边她的小椅子里。爸说：

“好了，我来告诉你们为什么今天没有新鲜的肉吃。

“我出门来到鹿苔，爬到一棵大橡树上。我在树枝上找

到一个舒服的地方，既能稳稳地坐着，又能观察到鹿苔。我离得很近，枪里装着子弹，放在腿上准备着，不管什么动物来都能开枪。

“我坐在那里，等待月亮出来把空地照亮。

“我昨天劈了一天的柴，所以当时有点儿累，我准是睡着了，后来才迷迷糊糊地睁开眼睛。

“大大的圆月亮刚刚升起，隔着光秃秃的树枝，我看见它低低地悬挂在夜空。就在月光下，我发现一只鹿站在那里。它抬着脑袋，正在倾听。它头上顶着大大的枝形犄角，在月光下的轮廓黑黢黢的。

“射程非常理想。可是这只鹿太漂亮了，看上去那么强壮、自由、充满野性，我实在下不了手。我坐在那里一直看着它，后来它就蹦蹦跳跳地钻进了黑暗的树林。

“这时，我才想起你们还等着我带回新鲜美味的鹿肉呢。我打定主意，下次一定开枪。

“过了一会儿，一头大熊动作迟缓地来到空地上。它一定是整个夏天吃足了浆果、树根和蛆虫，身子养得胖极了，差不多有两头熊那么大。它左右摇晃着脑袋，在月光下爬过那片空地，来到一根腐烂的木头旁。它闻了闻，敲了敲，然后用爪子把木头扯开，在碎片中嗅来嗅去，吃着那些肥嘟嘟的白蛆。

“接着，它用后腿直立起来，身子一动不动，环顾着四周。它似乎隐约觉得有点儿不对劲，想看清或闻出是怎么回事。

“它是个理想的射击目标，但我那样饶有兴趣地注视着它，而且月光下的树林那么静谧安宁，我把猎枪完全忘到了脑后。我甚至都没想过要朝它开枪，后来它就摇摇摆摆地爬进了树林里。

“我想，这可不行啊，这样我什么肉也弄不到。我在树上坐稳，继续等待。这次我下定决心，再看到猎物一定要开

枪了。

“月亮已经升得很高，月光清亮亮地照着那一小片空地。空地周围是暗影幢幢的树林。

“过了很长时间，一只母鹿和它年幼的小鹿优雅地从阴影里走了出来。它们一点儿也不知道害怕，一直走到我撒了盐的那个地方，双双低头舔盐。

“然后，它们抬起脑袋，看着对方。小鹿走过去，站在母鹿身边。它们就那样并排站在一起，看着树林和月光，大大的眼睛亮闪闪的，那么温柔。

“我只是坐在那里看着它们，直到它们离开，消失在阴影中。然后，我就从树上爬下来，回家了。”

劳拉在他耳边轻声说：“我很高兴你没有朝它们开枪！”

玛丽说：“我们可以吃面包和黄油。”

爸把玛丽从椅子上抱起来，紧紧搂住她们俩。

“你们是我的好女儿，”他说，“好了，睡觉时间到了。快去吧，我去拿小提琴。”

劳拉和玛丽念完祷告，舒服地钻进小矮床暖暖的被子下面，爸已经拿着小提琴坐在火炉边了。妈吹灭了油灯，此刻已经不需要它的亮光了。在火炉的另一侧，妈坐在摇椅里轻轻摇晃，织着一只短袜，织针一闪一闪的。

有火光、音乐的漫漫冬夜又回来了。

爸唱歌的时候，小提琴发出哭泣般的伴奏：

哦，苏珊娜，别为我哭泣，
我要去加利福尼亚，
看看金沙矿。

然后，爸又开始拉那首关于老格里的歌，但没有唱妈

做奶酪时他唱的那些歌词。歌词变了。爸用浑厚悦耳的声音轻轻唱道：

怎能忘记旧日朋友，
心中能不怀想？
旧日朋友怎能忘记，
友谊地久天长。
友谊地久天长，朋友，
友谊地久天长，
旧日朋友怎能相忘，
友谊地久天长。

小提琴的声音停住了，劳拉轻声喊道：“爸，什么是

旧日？”

“就是很久以前的日子，劳拉，”爸说，“好了，快睡吧。”

可是劳拉没有马上睡着，她躺在那里，听爸轻轻地拉琴，听大森林里的风孤独地哀叫。她看着爸坐在壁炉旁的凳子上，火光映照着他褐色的头发和胡子，照着浅棕色的小提琴。她看着妈在摇椅里轻轻摇晃，织着毛线。

她在心里说：“这都是此刻的事情。”

她感到很幸福，温馨的小屋，爸，妈，火光和音乐，都属于此刻。她想，它们不会被遗忘，因为此刻就是此刻。此刻永远不会变成旧日。

国际安徒生奖得主　享誉世界的绘本大师

安野光雅

赋予百年经典全新光彩

《绿山墙的安妮》

［加］露西·莫德·蒙哥马利 著
［日］安野光雅 绘
马爱农 译

《银汤匙》

［日］中勘助 著
［日］安野光雅 绘
孔阳新照 译

《长腿叔叔》

［美］简·韦伯斯特 著
［日］安野光雅 绘
梅静 译

《大森林里的小木屋》

［美］劳拉·英格斯·怀德 著
［日］安野光雅 绘
马爱农 译

致所有不想千篇一律地长大
永远独一无二的孩子

图书在版编目（CIP）数据

大森林里的小木屋 /（美）劳拉·英格斯·怀德 (Laura Ingalls Wilder) 著；（日）安野光雅绘；马爱农译. -- 南京：江苏凤凰文艺出版社，2024.1（2025.10 重印）
（安野光雅插图珍藏本）
ISBN 978-7-5594-7832-0

Ⅰ.①大… Ⅱ.①劳… ②安… ③马… Ⅲ.①儿童小说 – 长篇小说 – 美国 – 现代 Ⅳ.① I712.84

中国国家版本馆 CIP 数据核字 (2023) 第 125850 号

大森林里的小木屋（安野光雅插图珍藏本）

［美］劳拉·英格斯·怀德 著　［日］安野光雅 绘　马爱农 译

策　　划	尚　飞
责任编辑	曹　波
特约编辑	周小舟　戴艺贝
装帧设计	墨白空间 · Yichen
出版发行	江苏凤凰文艺出版社
	南京市中央路 165 号，邮编：210009
网　　址	http://www.jswenyi.com
印　　刷	天津裕同印刷有限公司
开　　本	889 毫米 ×1194 毫米　1/32
印　　张	8.5
字　　数	186 千字
版　　次	2024 年 1 月第 1 版
印　　次	2025 年 10 月第 4 次印刷
书　　号	ISBN 978-7-5594-7832-0
定　　价	138.00 元

江苏凤凰文艺版图书凡印刷、装订错误，可向出版社调换，联系电话 025 – 83280257。